書下ろし

歌舞鬼姫（かぶきひめ）

桶狭間 決戦

富田祐弘

目次

【主な登場人物】

阿国（十四）……漂泊の旅芸人。風也に恋し、優れた舞手をめざしている。

風也（十九）……ふらりと傀儡の一団に入ってきた謎の男。三味線の名手。

・

朝霧（十八）……気が弱く繊細な心の娘。舞は基本が大事と思っている。

夕顔（十八）……喜怒哀楽の激しい娘。若いが妖艶な舞の技を持つ。

・

出雲聖（年齢不肖）……傀儡の座頭。銭のため男に身体を売るのを禁じる厳格老人。

石阿弥（三十三）……石撃打ちの達人。横笛が得意。侍の匂いをかもしだす男。

百太夫（二十六）……巨体で物事に拘らぬ男。太鼓叩きの名手。

・

胡銀（二十）……阿国暗殺に躍起となる女忍者。毒入り金粉を振りまく。

茂作（二十二）……小折村の村長のわがまま息子。

織田信長（二十七）……今川家大軍の尾張侵攻を防ぐべく果敢に挑む武将。

木下藤吉郎（二十四）…織田家の足軽ほどだが、後に天下を取る剽軽（ひょうきん）者。

松平元康（十九）………今川家に属する三河の武将。後の徳川家康。

今川義元（四十二）……駿河の大名。公家文化に精通した優れ者の戦国武将。

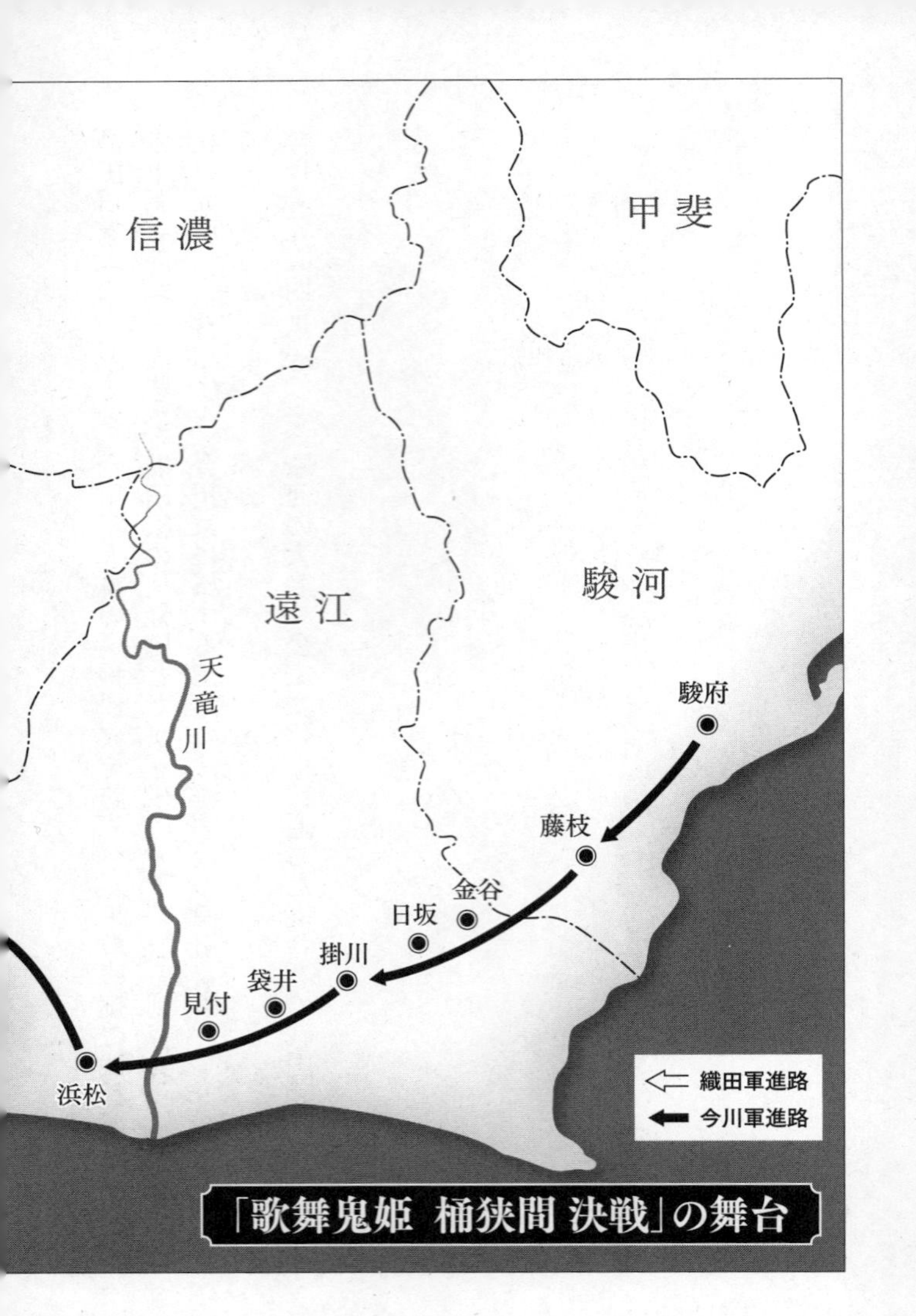

信濃
甲斐
遠江
駿河
天竜川
駿府
藤枝
金谷
日坂
掛川
袋井
見付
浜松
織田軍進路
今川軍進路
「歌舞鬼姫 桶狭間 決戦」の舞台

清洲城
熱田神宮
善照寺砦
鎌倉街道
伊勢湾
丹下砦
太子ヶ根
鳴海城
中島砦
鷲津砦
至沓掛→
丸根砦
大高城
桶狭間
田楽狭間
美濃
生駒屋敷
小折村
尾張
清洲
鳴海
大高城
沓掛
知立
今村
岡崎
三河
吉田
北
西
東
南

地図作成／三潮社

序章

夜空に黒雲が流れ、暗い森の樹々は激しい風に煽られている。

阿国は心細さに身を震わせた。

――はやく皆と逢いたい。

阿国が属する傀儡の一座は出雲大社の勧進行と称し、各地で雑芸をしながら漂泊の旅を続けている。

一行は二十日ほど前、京都を発ち、大津から琵琶湖を渡り、千草峠を越えた後、木曽川を渡って尾張の国域に着いた。

一の宮で数日、人々に歌舞を見せて銭を得ていた際、清洲の城主である織田信長が踊りの張行（興行）をするという噂を聞き、小折村に向かうことになった。

その途中、阿国は夜の灰取街道で皆とはぐれてしまったのだ。

気付いたら周囲には誰もいなかった。

森に包まれた辺りは闇（やみ）である。

一座の人たちは阿国が一緒について来ているものだと思ったようだ。

皆に追いつこうと阿国は繁（しげ）みをかき分けて走った。

「出雲聖（いずもひじり）さま〜。風也（ふうや）〜！」

阿国は座頭（ざがしら）や秘かに慕（した）っている男の名を幾度も呼んだ。

だが、応（こた）えは返って来ない。

激しい風に吹き飛ばされて声は虚（むな）しく散ってしまう。

野の花を摘（つ）んでいて皆からはぐれた愚（おろ）かさを悔（く）やんでも手遅れだ。

どこをどう進んだのか、却（かえ）って森の奥深くに迷い込んでしまったようだ。

吹きすさぶ風に翻弄（ほんろう）され、暗黒の闇に包まれながら阿国はさまよい歩いた。

——独（ひと）りぼっちは嫌！

突如、阿国の心にいつもの忌（い）まわしき幻覚がよみがえった。


目の前に真っ赤な世界が広がる。

そこに幼い七歳ほどの阿国がたった独りで泣いていた。

なぜ泣いているのかわからない。ふいに着物姿の女に手を握られる。小紋（こもん）の蝶の模（も）

様(よう)が眼に焼きつく。女の顔はわからない。周囲は相変わらず真っ赤だ。

夕陽か。紅蓮(ぐれん)の炎か。曼珠沙華(まんじゅしゃげ)の花の群れなのか。

——なんなの。この赤、赤、赤は？　わからない。

阿国は過去のすべての記憶をぷっつりと喪失していた。

——失った幼い日々の暮らしを思い出したい。

記憶を手繰(たぐ)り寄せようと躍起(やっき)になる。

すると、全身血まみれで太刀(たち)を振り回す武将の姿が浮かび上がるのだ。

数多くの男たちの悲鳴と絶叫。それらが交錯(こうさく)する中での殺戮(さつりく)に次ぐ殺戮。

恐怖に思わず眼を閉じてしまい、結局なにも思い出せずに終わってしまう。

——私は誰？　どのような暮らしをしていたの？

重苦しさと不安を感じて立ちすくむ。

——名はなんと呼ばれていたの？　昔のことを知りたい。

——父や母や兄弟姉妹はいるのだろうか？

——だとしたら今もどこかで私を探しているのかもしれない。

——逢いたい。

そう考えると胸がきりきりと痛み、赤い幻覚から解き放たれるのだった。

記憶を失った時から自分が誰なのかを探す旅を阿国は続けてきたのだ。
ふいに得体の知れぬ殺気を感じ、阿国は我に返った。
——獣？ 違う。人だ。しかも幾人かいる。
殺気はたった独りの阿国を狙うかのようにみるみる迫ってくる。
阿国は被っていた市女笠をあわてて遠くへ投げ、木陰に身を伏せた。
——死にたくない。私が何者なのかを確かめるまでは。
一座は今様、催馬楽、田歌、神歌などの歌謡を身につけた芸人の集まりだ。
阿国はまだ十四歳。今様の歌と舞の一部を習得しただけの未熟者だ。
——もっともっと旅を続けて芸を磨きたい。
唸る風とは異なった樹々の葉音、草の揺れる音に耳を澄ませた。
投げた市女笠の虫垂絹が樹木の枝に掛かっている。
小幅の布を継いだ虫垂絹は風に煽られ、はためく吹流しのようだ。
その時、ちぎれた黒雲の間から月光がふりそそぎ、辺りを照らした。
一瞬、近くの樹の下に潜む袖紬と革袴姿の男が見えた。
——出雲聖さま！

阿国は座頭の姿を見つけ、救われた気がした。

思わず駆け寄ろうとしたが、出雲聖は〝動くな〟と、ばかり阿国を制した。

出雲聖は老いているが、武術の達人だ。

「わしらは門付け芸をしながら旅を続ける者だ。なぜ、襲う？」

見えぬ敵に向かって出雲聖の声が飛んだ。

出雲聖は特異な技の持ち主だ。声を一直線に飛ばして岩にぶつける。

すると岩に跳ね返った声は拡散した。

こだまのように縦横無尽に駆け巡る言霊飛ばしの術を操ったのだ。

敵は声を発した出雲聖の位置を判別できなくなる。

「わしらを襲うわけを言え」

応えはない。

「織田方の者か、今川方の者か。わしらはどちらにも与せぬ漂泊の旅芸人。ただの傀儡だ。襲われるゆえんはない」

傀儡の女は紅白粉を塗り、眉をひき、歯を染め、男に媚を売り、唄を歌い、舞を舞って日々の糧を得る。男の求めに応じて一夜をともにすることも厭わない。

だが、阿国たちの一座は違った。

座頭の出雲聖は銭のために身体をひさぐことを許さなかった。

出雲聖は〝男と交じわるのは心を通わせた時だけじゃ〟と、常に厳しく告げていた。

女たちには〝あくまでも芸で日々の糧を得るように〟と、命じた。

一座が町や村に行かない時は、森の中で暮らし、水草を追って水辺を渡り歩き、弓を手に狩猟を行い、その日の糧を得ることもある。

だが、きれいごとだけで暮らしてきたわけではない。男たちはわずかな銭や食料を得るために人を騙したりもした。

しかし、殺されるほどの恨みを買ういわれはない。

阿国は見えない狙撃者に対して憤りをおぼえた。

その時、敵の放った手裏剣が唸りをあげて虚空を飛んだ。

手裏剣は出雲聖が潜んでいた木の幹に連続して突き刺さった。

一呼吸の間に幾つかが打たれている。一気五剣の早打ちだ。

阿国は悲鳴をあげそうになった。

だが、変わった様子はない。風に煽られて草木がなびいているだけだ。

出雲聖はすでに別の所に移動したに違いなかった。

頭上の樹々の葉が狂ったようにびゅ～びゅ～と鳴り続けている。

阿国の上歯と下歯がガチガチと鳴り、胸が締めつけられるようだ。

わずかに膨らみはじめた乳房と乳房の間に一条の冷たい汗が流れた。

ふたたび、流れる雲に月が隠れ、辺りに闇が訪れた。突風が吹き荒れ、樹々が騒ぎ、新たな殺気が森に漲った。

途端、間近に影が走り、黒装束の男が見えた。

――樹の上に誰か潜んでいる。

気づいた時は遅かった。梢から黒い影が獣のように降下してきた。

阿国は黒装束の男に襟首を摑まれ、あっと思う間もなく縄で首を締められたまま高い木の上に引き上げられた。

――死ぬ。

喉元が締めつけられ、薄れゆく意識の中で死を覚悟した。

その時、グエッと、呻き声がして草むらに人の倒れる音が聞こえた。

同時に阿国の身体も落ちた。首に巻かれた縄がはずれたのだ。

阿国はもんどり打って草むらに倒れ、転がった。

近くで喉元を掻き切られた黒装束の男がのたうちまわっている。

そばに細身の若者が立っていた。長い髪をなびかせた風也だ。

右手に握った小刀から鮮血が滴り落ちている。

阿国の無事を確かめると、風也は瞬時に動いた。

直後、別の黒装束が闇の中から現れた。

風也の動きを見切ったのだ。凄まじい速さで背後から小剣を突き立てたが、風也は体勢を崩しながらも避け、大岩の裏側に回った。

——風也。

阿国は案じた。

途端、ヒュ〜ッと礫が飛び、黒装束の頭に命中した。

刹那、黒装束の動きが一瞬、止まった。

礫を打ったのは一座の一人である石阿弥に違いない。

石阿弥は小柄だが、武術に長け、石撃打ちの名人だ。

「殺すな。取り押さえるのじゃ」

繁みの中から出雲聖の声がして、樹々の間を木霊のように飛び交った。

「ぐえっ！」

直後、断末魔にも似た叫びが聞こえた。

悲鳴は風也や石阿弥のものではない。

「お前たちを一人残らず……必ず……殺す！」

渦巻く風の中で声がすると、潮が引くように周囲から殺気が遠ざかった。

狙撃者たちは捨てぜりふを残して去ったようだ。

「阿国、姿を見せてもよいぞ」

出雲聖の声がしたが、阿国は震えたままその場にうずくまっていた。

石阿弥が岩の陰から息絶えた黒装束を担ぎ上げて出てきた。

「非情な奴らだ。仲間を殺して去るなんて」

石阿弥が亡骸の首に刺さった手裏剣を抜きながらつぶやいた時、疾風のごとく風也が戻ってきた。

この時ばかりではない。

阿国は細い身体をしならせて走る風也をなんども見ている。

春は樹々に新芽を吹かせ、夏は激しい雨を降らせ、秋は木の葉を真紅に染め、冬は木枯らしを誘う。四季折々の季節をつかさどる豊穣の風。

山野を駆け巡る風のようだと、阿国は胸をときめかせた。

「取り押さえていろいろ聞きたかった」

風也は息も乱すことなく舌打ちした。

出雲聖は木の枝に掛かった阿国の市女笠を取り外しながら、

「伊賀の忍びと思われる」

と、狙撃者の手裏剣を示した。

それは伊賀者が使う独特の十字手裏剣だった。

「この忍び、今川家、あるいは松平家が放ったに違いない」

出雲聖は忍び装束の男の遺体を眺めながらつぶやいた。

「わしらを織田方の忍びと勘違いしたのじゃろう」

「どうして？」

阿国は立ち上がり、強張った顔を出雲聖に向けた。

「三河の松平元康殿はな、今川家の武将だ。今川家と織田家の戦が起きつつある。それゆえ互いの忍びが飛び交い、相手を探り合っておる。襲い来た忍者たちはわしらを織田方の忍びと判じたのであろう」

「なぜなの？」

阿国が訊くと、出雲聖は応えた。

「これから訪れる小折村の生駒家はな、織田信長殿に属する豪族だ。わしらが生駒家とよしみを通じていると思ったのじゃ」

「とんだ見当違いか」

石阿弥が吐き捨てる。

「去り際に私たちを一人残らず殺すと言っていた。怖い……」

阿国は身を震わせた。

永禄三年（一五六〇）三月のこの夜、尾張地方は明け方まで風が吹き荒れた。

海道一の弓取りと言われた今川義元は数カ月前より尾張への侵攻を着々と進め、迎える織田信長も敵の動きを探るために忍びを駿府、三河に放っていた。

戦は新たな戦を生み、育て、さらに熾烈となり、広域化する。

領国の平和のため、民の幸せのためと、大名たちは大義を言うが、戦は人々の暮らしを良くなどしてくれない。

阿国は戦渦に巻き込まれた町や村を幾度となく見てきた。

あちこちに散乱した数多くの死骸の中で泣き叫ぶ老人や子供たち。

家を焼かれ、なす術もなく悄然と佇んでいる農夫とその家族たち。

雑兵たちが若い娘に乱暴を働き、子供を掠奪し、米や麦を蔵から奪い取っていくさまをじかに見たこともある。

戦は罪のない多くの犠牲者を出すだけだ。

武将たちの戦は、破壊を楽しむ遊戯としか、阿国には思えなかった。

――誰も止めることはできないの？

阿国はため息まじりに夜空を見上げた。

その時、巨漢の百太夫がやって来た。

朝霧と夕顔を伴っている。

百太夫は阿国を見るなり、

「どこで遊んでいた。心配をかけやがって！」

と、赤ら顔で怒った。

「皆と一緒にいなければダメじゃない」

夕顔にも詰られる。

「はぐれないよう、気をつけてね」

朝霧は壊れやすい南蛮渡りの硝子細工のように声を震わせた。

一座には、座頭の出雲聖、風也、石阿弥、百太夫の四人の男がいる。

出雲聖の謡と舞、風也の三味線、石阿弥の笛、百太夫の太鼓は一流である。

それに踊り女(め)として十四歳の阿国と十八歳の朝霧と夕顔。

合わせて七人で組まれている。

阿国は皆と再会でき、恐れから解き放たれて安らぎを覚えた。

気が緩んだからなのか、突如、得体の知れぬ魔物が身体に取り憑(つ)いたような重みを感じた。

頭から冷気が吹き出し、視界がぼやける。

血が体内を逆流し、一気に下半身を伝って足もとに流れ落ちる感覚に襲われ、意識を失いかけた。

「どうした。しっかりしろ」

よろける阿国を風也が支えてくれる。

次の瞬間、阿国は下肢の間に生温かいぬめりのようなものを感じた。

着物の裾(すそ)を伝って腿(もも)から足元に一筋の赤い流れが落ちている。

「血よ」

朝霧が駆け寄ったが、阿国は両脚を固く合わせ、着物の裾を閉じた。

「どこか傷つけたの？　見せてごらんなさい」

朝霧は跪(ひざまず)き、阿国の着物の裾を開こうとする。

「朝霧、案ずるな。阿国は無傷だ」

風也が押さえると、朝霧はアッとなって立ち上がり、微笑(ほほえ)んだ。

「そうなの。そういうことなの」

出雲聖と石阿弥は知らぬ風をよそおっている。

少し遅れて事態に気づいた夕顔は興味深げに阿国の顔を覗き込んだ。

「阿国ったら、いやだ。こんな時に」

恥ずかしさに阿国は市女笠で顔を隠した。

「ほほう。阿国もとうとう女になったか」

百太夫が陽気に笑った。

「まだよ。本当の女になるのはこれからだもの」

夕顔の皮肉に出雲聖は苦笑しながら阿国を見た。

「生駒屋敷まであと一里ほどだ。歩けるな」

阿国が力強く頷(うなず)いてみせると、石阿弥はぼそりと言った。

「初出の祝いをしてやらねばならんな」

「生駒屋敷についてからじゃ。阿国、生駒屋敷では見事に踊ってみせるのだぞ」

出雲聖は阿国の肩にやさしく手を置いてくれた。

「できるよな。お前はすでに大人の女の仲間入りをしたのだから」

百太夫が茶化(ちゃか)すと、夕顔はけたけたと笑った。

第一章　月夜の狂い踊り

一

阿国はたじろいだ。

小折村にある生駒家の屋敷はあまりにも広大だった。

豪農の館（やかた）ほどの造りと思っていたが、砦（とりで）のごとき威容（いよう）だ。

周囲には外敵の襲来を防ぐための土居（どい）、堀割（ほりわり）が巡らされている。檜皮葺（ひわだぶき）の大門は旅芸人など問答無用（もんどうむよう）で追い払うかのような威圧感がある。

だが、出雲聖が訪（おとな）いを請うと、しばらく待たされた後、快く迎えられた。

屋敷には商人や武士、禄を失った兵法者（へいほうしゃ）、修験者（しゅげんじゃ）などさまざまな人がいた。

油と灰を商う馬借（ばしゃく）商人の生駒家は誰であろうと訪れた人を快く迎え、寝所を与え、食事や酒を振る舞う。当主の八右衛門は懐の深い男で頼る者をすげなく追い返すような真似はしない。

阿国はそう聞かされたが、諸国から来る人を受け入れる真の目的があるようだ。

商いや戦をするうえで他国の情報は大いに役立つからだ。

阿国は母屋や庵を行き来する人々を眺めた。

庭の各所に大岩が配され、樹木と調和し、まさに深山幽谷の趣がある。

北西部には湧き水でできた池があり、周囲の湿地帯は水田となっている。

その向こうに川の流れが見えた。これは南にそそぎ、五条川に合流して伊勢湾まで達するらしい。この水路は荷を運ぶうえで都合がよく、生駒家の商いの重要な役割を果たしているようだ。

阿国の心はなごみ、旅の疲れが癒される思いがした。

ふいに背後から声がし、尻を鷲摑みにされた。

「おみゃ～は、まだ生娘だにゃ」

振り向くと、猿と鼠をあわせたような顔の小男が立ち、にやにやと笑っている。

悪寒がして阿国は顔をそむけた。

「ふふふ……おぼこい女子でぁ～。傀儡にゃ似合わねぇ高貴な香りがする。辺りの村娘とはち～いとばかり違う匂いがするだにゃ。いずれ男を知れば、ええ女になる。どぎゃ～だ、俺が女にしてやるげな」

幼い子をからかう口調だが、眼は笑っていない。

――嫌な奴……。

阿国は顔を伏せた。

「ぎゃははは……やっぱ未通女だにゃ。取って食おうとは言んねえ。怖がるでねえ」

男は木下藤吉郎と呼ばれる生駒家の小者だった。

生駒家を訪れる織田信長や側室の吉乃に可愛がられているらしい。

「どこから来や～た？」

「出雲から京の都を通って」

阿国がぶっきらぼうに応えると、藤吉郎はふうんと鼻を鳴らした。

「京の都はどぎゃ～であった？」

「華やかで……」

京の都で見たさまざまな光景が心に浮かび上がる。

上京、下京の中心部は賑やかで、驚くことばかりだった。

町には宇治信楽のお茶売り、塩籠を天秤で荷った塩売り、春の香りを届けるわらび売り、かんざし売りなどが声高らかに往来していた。

「医師、陰陽師、番匠、刀磨、鋳物師など職人たちの姿も見ました」

阿国はさらに『葵上』という能の演目を観たことを思い出した。

これは源氏物語を題材にしたものだった。

光源氏の正妻である葵上が六条御息所の怨霊に取り憑かれた。怨霊はいろいろ恨みを述べ、葵上を責め苛む。

それを知った公卿の朝臣は横川小聖という験者を呼び寄せた。

小聖が祈禱すると怨霊は瞬く間に鬼の姿に変化した。鱗箔の着物は怪異に満ち、阿国が気づいた時、怨霊の顔は般若の面に変わっていた。

哀しみを秘めた女から一瞬にして恐ろしき鬼女に変貌したのだ。

鬼女は手にした鬼扇で小聖を追い返そうとする。朱色の面に牡丹の花一輪を描いた鬼扇は美しく、今でも眼に焼きついている。

終いには小聖の法力に負け、鬼女は祈り伏せられてしまうという筋立てだった。

見事な演出と所作に阿国は驚かされた。

いつの日か同じ趣向で舞い踊ってみたいと思ったものだ。

「あれは女の怨念の凄まじさを表しているのじゃ」

打杖を振る怨霊の姿を眺めながら出雲聖が教えてくれた。

この時、六条御息所の怨霊がどうして葵上を責め苛むのか、恋に破れた女の嫉妬がこれほどまでに激しい憎しみを宿すのか、阿国にはわからなかった。

それゆえ、藤吉郎には『葵上』の話はしなかった。

「洛外の寺社門前にも多くの町屋が建ちならび、心の動かされることばかりでした」

阿国は昂ぶった気持ちのままを素直に話した。

「田舎者の小娘にゃ、さもありなん」

藤吉郎は那古野、大坂、三河訛りの交じったおかしな言の葉で、その後もさまざまなことを問いかけてきた。阿国はいぶかしく思いながらも、いちいち応えると、

「ほうか。娘、また旅の楽しい話を聞かせてちょ」

藤吉郎は小袋から何か取り出し、阿国の手に握らせた。乾した芋だった。

「甘うてうまいであ～。食ってちょ～」

親しみのこもった笑顔を見せて走り去った。

阿国は細い乾燥芋を齧ってみた。すると、とろけるような甘さが口に広がった。

「いいものをもらったな」

ふいに近くの岩の陰から声がして出雲聖が現れた。

「藤吉郎にいろいろ聞かれていたようじゃな」

「はい」

「あの男、今川方の忍びが紛れ込んでいないかを調べておるのじゃ」

阿国はハッとした。

「私たちも疑われているのですか」

「いや、おまえは素直に応えた。疑いは薄れたようじゃ」

出雲聖は笑いながら阿国の肩を叩いた。

「だがな、阿国、見知らぬ者に心を開いてはならぬぞ。山道でわしらを襲った今川方の忍びもこの屋敷に紛れ込んでおるかもしれぬ。気を許すでない」

「あの忍びたちが……」

〝必ず殺す〟と捨てぜりふを残して去った忍者を思い出して阿国は脅えた。

この日、永禄三年（一五六〇）三月三十日の生駒屋敷は、踊りの張行に来た人々で溢れ返っていた。

小折村にも、今川軍が近いうちに襲って来るという噂は広まっている。

噂は前年の暮れには尾張の町に伝わり、近郷の人々は戦々恐々としていた。

現に今川方の忍びは尾張領内に潜り込み、織田家の動静を探っているようだ。

それを意に介さぬかのような生駒屋敷での踊りの張行である。

人々の間で信長は〝大うつけ〟と言われている。

家督を継ぐ前の信長は武将にあるまじき立ち居振る舞いで、明衣の袖をはずし、半袴、腰に火打ち袋などをつけ、髪は茶筅髷で往来を闊歩した。人目も憚らずに栗、柿、瓜にかぶりつくという見苦しきありさまだった。

何よりも父親の葬儀では正装をせず、位牌に抹香を投げつけたと言われている。

信長はすでに二十七歳になっていたが、相も変わらぬ〝うつけ者〟であると、人々の眼には映っているようだ。

しかし、口に出す者はいない。

「ねえ、見て見て、みんな浮き浮きしている」

夕顔は集まった多くの村人たちを見てはしゃいでいる。

楽しい催しがあると喜びをあらわにし、哀しいことには涙ぐみ、道理にあわなければすぐに憤る。自らが感じるままに喜怒哀楽を表すおおらかで陽気な気質だ。

夕顔は肉感的な白い肌をしているが、今は上気して桃色に染まっている。

「私たち、村の人たちに受け入れられるかしら」

痩せぎすで神経質な眼を細めながらつぶやいたのは朝霧だ。

朝霧はいつもまわりに気をつかっている。人々の顔色を窺いながら相手が気分を害さないよう懸命になっている。物事をよい方に考えるのではなく、むしろ、悪い方に捉えていつも心配ばかりしている。

野放図な夕顔と繊細な朝霧は同い歳とは思えないほど性格が異なっていた。

——どうしてこんなにも違うのかしら。

年上の二人を見て、阿国の胸に可笑しさが込みあげてきた。

やがて、庭に焚かれた篝火が近郷の村々から集まった老若男女の顔を照らし、ざわめきがあちこちで起こり始めた。

幼い娘を抱いたり、手を引いて来る若き夫婦の姿があちこちに見える。

——私も幼き日、父や母に抱かれて祭りなどの催しに来たことがあるのかしら？

阿国は両親に寄り添う幼き娘を見るたびに心が乱れた。

やがて生駒家の客人と思われる公家や織田の家臣たちが主殿から庭に出てきた。それからしばらく待つと、金銀の糸で織った小袖を着た男が現れた。

村人たちがあわてて一斉にひれ伏す。

男はなんと織田信長だった。

阿国たちも地に頭をつけた。

「今宵は無礼講だ。何人も憚ることなく、気儘に振る舞うがよい」

甲高い声で言う信長には〝大うつけ〟とは思えぬ鬼気迫るものがあった。

一方の噂である〝魔王〟の風情が感じられた。

面長の顔は穏やかに見えるが、眼は鋭く威圧感がある。

信長のそばには生駒御前と呼ばれる側室の吉乃がいた。

葡萄唐草模様の小袖を鮮やかに着こなし、無造作に束ねた頭髪と額にかかったおくれ毛が艶めかしい風情をかもしだしている。

四歳の奇妙、三歳の茶筅、二歳の徳姫の三人の母親とは思えない。

儚げな立ち姿は天女のような優雅さを秘めている。

阿国はその美しさに魅せられてため息を洩らした。

死のうは一定　しのび草には何をしよぞ　一定かたりおこすよの

信長が小唄を歌い、自ら舞い始めた。

今は戦乱の世である。人々の心は殺伐としていた。武将ならずとも人は常に死を覚悟して日々を暮らしている。明日の命は誰にも推し量れない。死は定まっている。

信長の唄と舞には魂を揺さぶる情念が感じられた。

天皇や公家や多くの武将の間で尊重され、守られてきた常識や慣習を認めつつも、理に適わぬ旧弊は拒んで粉砕し、果敢に挑む。野性の寵児と言われるにふさわしい鬼気たる凄味があった。

――信長さまはまさに〝かぶき者〟だ。

信長を目の当たりにして、阿国は恐れおののいた。

二

ふいに阿国は気づいた。

風也が鋭い眼光で信長を凝視している。舞を見ているのではない。信長の心の奥を探るような精気を発している。

いつも周囲に目配りをして油断をせぬ風也だが、今は違った。

他人（ひと）の眼を気にせず、ただ一点、信長だけに集中している。

阿国は風也の素性（すじょう）を知らない。

風也とは一年前、摂津（せっつ）の国、池田（いけだ）の町で初めて出逢った。

市（いち）に集まった人々の前で一座が歌舞（かぶ）を披露（ひろう）している最中、銭を入れた袋を盗もうとした男がいた。その盗人を追いかけ、捕まえてくれたのだ。

藍染（あいぞ）めの直垂（ひたたれ）、袖細（そでぼそ）四幅袴（よのばかま）で走る風也の精悍（せいかん）な姿は今でも阿国の目に焼きついている。

その後、出雲聖とどのような話がなされたのか、阿国は知らないが、翌日から風也は一座に加わることになったのだ。

一緒に旅を続けている間、風也はつねに優しく接してくれた。

しかし、自らの心の内を語ってくれたことはない。

阿国は今こそ、風也の胸に去来するものが何なのかを知りたいと強く思った。

「まばゆい舞だこと」

いきなり少し離れたところから巫女（みこ）に話しかけられた。

小袖に袿（うちき）姿、肩に数珠（じゅず）を掛け、垂髪（すいはつ）を優雅になびかせた女は阿国より五、六歳ほど上のようだ。

「信長さまには鬼が宿っている。並の人の舞い振りではないもの。でも、何にいらだっているのかしら。何かを憎悪する所作のよう」

巫女の喩えに、阿国は応えられない。

「幼いあなたには人の憎しみや悲しみがわからないのでしょうね」

巫女は唇を噛みしめながら近づいてくる。

阿国には巫女の身体が憎しみで震えているように見えた。

一瞬、なんとも言い表せない殺気のようなものを感じた。

と、思った直後、巫女は立ち止まった。

「私の名は胡銀。忘れることのなきように」

胡銀と名乗った巫女の口調は冷たい響きを帯びていた。

──なぜ、私に話しかけてきたのかしら？

村人たちの群れに紛れて足早に去る胡銀をいぶかしく思いつつ見送った。

「いまの女、ただの歩き巫女ではない」

背後の声に振り向くと、石阿弥が立っていた。

「巫女の身なりをしていたが、忍びの匂いがした」

「まさか」

「道すがら俺たちを襲った忍びの一人かもしれぬ。仲間が二人も死んだ。奴らは俺たちを恨んでいる。忍びの結びつきは固い。胡銀という女、俺が見張っているのに気づき、あわてて離れた。阿国、油断せぬよう心にとめておくがよい」

石阿弥は麻の袋からキラリと光る小片を幾つか取り出した。

それは鋼(はがね)を薄くしたものだった。

「細工を施(ほどこ)した刃扇(やいばおうぎ)を与えよう」

「刃扇？」

石阿弥は拡げた扇の天の各所に薄い鋼を嵌(は)め込み始めた。

「熱いうちに鉄を叩き、薄くしたものだ。そこにある荒縄(あらなわ)を持ってみろ」

阿国が近くにある荒縄を両手で持つと、石阿弥は扇に嵌め込んだ薄い鋼でそれをズバッと切ってみせた。

鋭い切り口に阿国は身をすくめた。薄い鋼は鋭い刃になっている。特に刃扇の天は触れると切れそうで危険極まりない。

「どうして私にこんなものを？」

「阿国、お前も我らを頼らず、自ら命を護(まも)らねばならん年頃になった。出雲聖様が許されたのだ。護身用に持っておれ」

「でも、私は人を傷つけるなど……」

「命を落としてもよいのか」

阿国は出雲聖に渡された匕首(あいくち)をつねに懐(ふところ)に忍ばせている。

新たに護身用の刃扇を持たねばならないのかと、いぶかしく思った。

「朝霧姉さんも夕顔姉さんもこれを?」

「持っている。いざという時のためにな」

阿国は驚いた。朝霧も夕顔も舞扇とは別に刃扇を持っているなどと話してくれたことはない。不安が込み上げ、阿国は思わず石阿弥の手を強く握りしめた。

その時、ひとしきり舞った信長が扇を閉じた。

一気に歓声が湧き上がった。

上下(じょうげ)貴賤(きせん)を意識せず、ただ自らの本能のおもむくままに唄(うた)い舞った城主を見て、集まった村人たちは喜び、太鼓や鉦(かね)を打ち鳴らしている。

「今宵は無礼講だ。得手勝手に唄い、踊るがよい」

信長が促すと、村人たちは庭の中央に駆け集まった。

片隅に控えた男がドンと、大太鼓を叩くと、人々は踊り始めた。

群れは輪になり、輪が崩れ、ふたたび、輪を作り、踊りは次第に熱を帯びていく。

誰もが好き勝手に身体を動かし、踊り狂っている。

何せうぞ　くすんで　一期（いちご）は夢よ　ただ狂へ

流行（はや）りの小歌の一節だ。伴奏は一節切（ひとよぎり）の尺八（しゃくはち）が使われている。

夕暮れから日没に至るほんの一時の淡い闇（やみ）が儚くもろいように、人は生と死の狭間（はざま）をさまよっている。生の喜びと死の恐怖を共有しつつ暮らしている。

〝家に籠（こ）もり、真面目にうじうじと暮らしてどうしようというのか。しょせん、一度の人生など夢のようなもの。今、この束の間、心を燃やして生きるがいい。狂ったごとく何かに熱中するがいい〟

人々のこの思いが風流踊りを熱狂的なものにさせた。

世間（よのなか）は　ちろりに過ぐる　ちろり　ちろり

何ともなやなう　何ともなやなう　うき世は風波（ふうは）の一葉（いちよう）よ

〝世の中はちろっという間に過ぎていく。どうってこともないんだ。浮き世は風に吹かれる木の葉のようなものさ〟

村人が踊る輪の中でひときわ目立つ身振りの男がいた。

猿のように手足をくねらせて剽軽に踊る男は木下藤吉郎だった。

笛や太鼓とは間拍子が外れている。身体をくねくねと動かすその態は無様を通り越して滑稽でさえある。だが、本人は大まじめに踊っている。それがさらに可笑しみを誘った。村人たちはもとより信長も爆笑している。

藤吉郎の参加によって踊りの衆は一挙に盛り上がった。

初めのうちは恥じらって控えめに踊っていた若い娘も次第に羽目を外し、持ち寄った華やかな花笠を取り出し、大胆に踊り始めた。

ほんの束の間の享楽は確かに刹那的な喜びかもしれない。しかし、踊り狂うことは浮き世の憂さを忘れさせる奔放な開放感がある。

「サッサノ、コ〜ラサ」

村長と大人衆が合いの手を入れ、盛り上がりは佳境に入った。

阿国の胸は高鳴った。

村人に混じってすぐにでも踊り出したい衝動に駆られた。

だが、阿国たちは踊りを見せて銭をもらう芸の一座だ。

今夜の踊りの張行には、土地に定住する人たちの心を織田家に引き留めるという信長の狙いがある。主役は村人たちだ。

流れ者の阿国たちは踊りの群れの中へすぐには入れない。

それは決まりではなかったが、流れ者としての節度である。

「ともに踊るがええだ」

若い男が朝霧と夕顔の手を取ると、出雲聖は二人を見てうなずいた。

皆と踊ってもよいと了承したのだ。

朝霧と夕顔は喜々として踊りの輪に加わった。

「遠慮は無用だ。踊れ。無礼講だで」

赤子を抱いた女が誘ってくれたのを機に、阿国も踊りの輪に入った。

朝霧と夕顔はすでに狂喜乱舞（きょうきらんぶ）する群れの中にいる。

とりわけ夕顔の踊りは見事だ。

動きも跳躍（ちょうやく）も巧（たく）みだった。わざと脚を大きく開き、衣の裾（すそ）をさばいて白い腿（もも）をちらりと覗（のぞ）かせながら男たちの欲情心をそそる。恥じらいを忘れた大胆な身振りで踊っている。

夕顔の着物の裾が乱れ、白い脛（すね）が炎に照らされて艶（つや）っぽく浮き上がる。

若さに似合わず、成熟した大人の女の匂いを発散させている。

夕顔の淫らな態は無意識のうちに滲み出てくるものではなく、男たちの眼を釘付けにする作為的な技だ。そこが見事だった。

漂泊の旅を続け、里に流れ着いた傀儡の女を村の男たちは好奇の眼で眺める。

夕顔はそれを充分に知った上でわざと猥雑な雰囲気をかもしだしているのだ。

狂おしく踊りましょう……やさしく抱いて……激しく身体を押しつけて……髪を振り乱して抱きつくのよ……前戯は熱く……愛戯は身悶えして……痴戯のかぎりを尽くしましょう……もっと激しく身体をとろかし合いましょう……

淫靡な言葉を発するかのような身体の動きで、夕顔は男たちを惑わせている。

阿国は夕顔の踊りに恥ずかしさを覚えつつも、蠱惑的な身振りに圧倒された。

――私などまだまだ及ばない。

心と身体の奥底に宿す女の魔性を露骨に表出できる夕顔をうらやましく思った。

――いつかは夕顔姉さんに追いつき、追い越してみせる。

心に秘めた思いを自らに誓った。

「心地よい夜だ。皆の者、酒、肴を用意してある。存分に飲んで食らうがよい」

信長は上機嫌に見えた。

「お殿様が捕めえた川魚もあるだぎゃ〜」

藤吉郎の陽気な声がすると、村人たちの踊りが止まった。

この日の昼、信長は藤吉郎たちをつれて川狩りに興じていたらしい。

村人たちはその収穫物に群がり、無礼講でむさぼり食い始めた。

「皆の衆、一服なさる間、お慰みに我ら旅の者がご座興にひと舞い致しましょう」

出雲聖が言うと、

「ややこ踊りか。これは楽しみだ」

村人たちは興味深げに阿国、朝霧、夕顔を眺めた。

ややこ踊りには〝愛らしい小娘の踊り〟の意がある。

熱狂的な踊りの輪に加わった後なので阿国の全身は火照っていた。汗の噴き出た身体のまま一気に踊り狂ってみるつもりでいた。

百太夫が太鼓を叩き、石阿弥が横笛を鳴らし、風也が三味線を弾き始める。

「なんだ。あれは？　奇態なものだなや」

三味線はこの国にまだ渡っておらず、踊りの伴奏にはおもに太鼓や小鼓や笛が使われていた。

それゆえ村人たちは三味線をいぶかしげに眺めたのだ。

阿国は風也から三味線の話を聞いたことがある。

「京の都をさまよっている時のことだ。河原を歩いているとな、三線が落ちていた。胴部に張られた大蛇の皮は破れていた。俺は獣の皮を扱う人に会い、蛇の皮がないかと聞いた。だが、無駄だった」と。

それで牛、鹿、馬、犬の皮などを張ってみたらしい。

「さまざま試みた。だが、音は出たものの堪能できる代物ではなかった。ある日、猫の皮を使ってみた。すると心地よい音色がした。俺は魅せられた。その後は猫の皮を張って、この三線を弾いているのだ」

蛇皮はすぐに破れる。しかもこの国には三線に張るほどの大蛇がいない。それで持ち主は捨てたのだろうと、風也は言っていた。

三味線の棹は黒檀、胴部は槙、撥は水牛の角であるという。

阿国たちの踊りに風也の三味線が加わることで一種不可思議な趣がかもしだされた。

それが出雲聖たち一座の特色のひとつとなった。

「三線に猫の皮を張り、命を吹き込んだ。弾いてみると風の音がした。風に吹かれ、雨に濡れ、惨めに日々を暮らす俺の虚ろな心を癒す音がした。その時より肌身離さず持っているのだ」

風也は三味線を愛しげに撫でた。

一年前、一座に加わった風也はどこから来たのか、どのような素性なのか、座頭の出雲聖にさえ名も言わずに仲間になった。

この若者は風のようにふらりとやって来た。

それで出雲聖が風也と名付けたのだ。

扇の陰で　目を蕩めかす　主ある俺を　何とかせうか

せうかせうか　せう

〝扇の陰から色目を使って私をどうするつもりなの。私には慕う人がいるのだから〟

出雲聖が妖艶に歌い、朝霧と夕顔と阿国は舞扇を広げ、身体をくねらせた。

阿国は心の浮き立つ三味線の音色が好きだ。

知らず知らずのうちに身体が動き、足拍子を踏んでしまう。

――風也のことを知りたい。もっともっと知りたい。風也の何もかも……。

篝火の炎に浮かび上がる風也の撥さばきに阿国は我を忘れて踊り狂った。

百太夫が激しく太鼓を叩く。石阿弥の横笛が夜の闇を突いて鋭く鳴り響く。出雲聖の謡と風也の三味線の音が一瞬、対立し、激突した。

次の瞬間、音が混じり合い、共鳴し、溶けて弾けた。

阿国は陶酔の境地に嵌まり、恍惚の高みに昇った。

一座の芸が佳境に入った。

朝霧と夕顔は優雅にしなやかに身体をくねらせて舞っている。

〝舞〟はおもに横の動きである。

対して〝踊り〟は縦の跳躍が主体だ。

阿国は地を蹴って一気に飛び上がった。

村人たちから感嘆の声が洩れた。

阿国の虚空での姿勢は絶妙だった。着物の裾がめくれあがり、雪のように白い若鹿のような脚が一瞬、あらわになった。着物の裾の裏地は真赤な縮緬だ。

見る者の眼に赤い閃光が鮮やかに飛び込んだようだ。

誰もが幻を見たかのように惚けている。

虚空に跳んだ身体は息をつく暇もない速さで反転し、村人たちが我に返った時、すでに阿国は着地していた。

「魂を宿した人形のようだなや」「色気さえ感じられたぞ」

大人衆がつぶやいた。

「襟元がはだけた時、胸元に白鷺が浮かび上がっただ」

「白い鷺だと。おらも見た。羽を広げて飛んだように感じられたぞ」

若衆たちも興奮気味に騒いでいる。

阿国は舞う時、いつも胸元を気にしていた。

常日頃はその痣に誰も気づかない。だが、踊ったり興奮したりして身体が火照った際、肌が薄桃色に染まり、白い痣が胸元に浮き上がる。

しかも、それは白い鷺が羽を広げたように見えるのだ。

阿国はそれが嫌だった。肌に浮き上がった白鷺のような痣に注目が集まることに耐えられなかった。本来の踊りの芸を観て欲しかった。

村男たちは妖しげな魅力を秘した傀儡女の舞に興味を抱いたようだ。

一箇所に定住する者は、傀儡を卑下しつつも漂泊の民を心の底では畏敬する。

神懸かり的な傀儡女の行き着く先はどこなのか、魑魅魍魎の跋扈する闇か、地獄の果てか、それとも極楽往生の世か。

それゆえ傀儡女の裸身がうねって弾けるのを男たちは夢想して興奮する。

阿国たち三人が踊り終えると、出雲聖はいつもどおり、ひょっとこの面をすばやく被り、滑稽なしぐさで舞を披露した。

それには村人だけでなく、信長や生駒屋敷の武士までもが笑い転げた。

阿国と朝霧と夕顔が笊を持って回ると、次々と銭が入れられる。

信長に促された藤吉郎は一分銀を数枚、放り込んでくれた。

阿国は小折村の人々に溶け込めたと感じ、荒い息を弾ませながら喜んだ。

その後、村人たちの熱狂的な踊りは、時の流れを忘れたかのように続いた。

夜、亥の刻（午後十時）を過ぎても、踊りの熱気はおさまらなかった。

疲れた者は繁みで休み、気心の合った若い男女は対になり木陰でなにやら狂態を演じている。気付くと信長や生駒八右衛門の姿は消えていた。

真夜中近く、二人の侍が生駒屋敷にやって来た。

「あれは今川方の動きを探りに行った者たちじゃ」

蜂須賀小六と前野長康という信長の家臣だと出雲聖が教えてくれる。

「噂だけではないのね。戦は本当に始まるのね」

朝霧が弱々しい声で訊くと、

「けっへへ……おもしろくなるぜ」

百太夫が他人事(ひとごと)のように笑った。

「いよいよ決着をつける時がきたようじゃな」

出雲聖はおもむろに話し始めた。

「今を遡(さかのぼ)ること十八年前、信長殿の父、信秀(のぶひで)殿が小豆(あずき)坂で今川義元殿の軍勢と戦った。それ以後、今川家と織田家の戦は長きにわたっておる」

阿国は〝今川義元〟と聞いて思わず懐に入れた銅製の手鏡に触れた。

ある時、〝大切に持っているのだぞ〟と石阿弥から渡された手鏡だ。

裏には二引両(ふたつひきりょう)の紋が刻まれている。

二引両は将軍足利(あしかが)家やその一族である今川家などしか使えない紋だ。

この手鏡がなぜ自分に渡されたかを尋ねたが、石阿弥は何も語ってくれなかった。

――私は足利家や今川家と何か関わりがあるの？

――いったい私は誰なの？

以来、自らに問いかけ続けた謎である。

謎を調べたく思い、今川家が支配する駿府地方に旅をしてみたいと、出雲聖や石阿弥や百太夫に願い出たことがある。しかし、なぜか誰も首を縦に振らなかった。

阿国たち一行はこの数年、京都以西の旅を続けるのみだった。比叡の山並みを越えて京都より東の近江、美濃、尾張にまで来たのはこれが初めてだ。

いまだに手鏡の謎は解けず、阿国はもどかしさを感じていた。

「義元殿はこの時世を担うべき才と度量を兼ね備えたすぐれた武将といえる。信長殿がどう処するか、興味深いものじゃな」

出雲聖は戦など我関せずといった口調である。

「信長殿がどう出るか、俺が探って来よう」

風也が主殿を見やった。

「警備は固いぞ」

「承知の上だ」

風也はその場を去った。

三

東の空が明ける頃、踊りの張行は終わり、村人たちは三々五々、帰って行った。

生駒家に集（つど）った人は多く、身分の順に寝床を供され、阿国たちは屋敷の北側にある厩（うまや）をあてがわれた。

厩は数本の柱に屋根を葺（ふ）いた粗末な造りだ。柵を隔（へだ）てて間近に馬がいる。

春とはいえ、夜明けの風は冷たい。

積み上げられた飼料の藁（わら）だけが暖を取る唯一の手段だ。

阿国は藁の中に潜ったが、身体の震えが止まらずにいた。

「腹立つぅ。こんなところに寝かすなんて、ひどいじゃない」

夕顔は不満を洩らした。

朝霧はすでに寝息をたてて眠っている。

「雨露が凌（しの）げるだけでもありがたいと思え。夜を通して監視せねばならん警護の兵の労苦を考えれば、俺たちは極楽だ」

石阿弥が巡回する警護兵を眺めながら夕顔をなだめた。

その傍では百太夫がいびきをかいて眠っている。

ほんの束の間、阿国は眠ってしまったが、気付くと風也の声が聞こえた。

「三州あげて合戦の用意、余念なく、まもなく治部大輔の西上、間違いない」

いつ戻ったのか、風也が出雲聖に話している。

治部大輔とは今川義元のことらしい。

阿国は耳をそばだてた。

「すでに今川軍が街道筋のところどころに兵糧を野積み、馬飼料うずたかく、国ざわの関を厳しく固めたらしい。さらに今川軍は岡崎へ出張り、岡崎衆に諸ごと申しつけて、駿府より掛川に至って浜松の各所にも兵を進めているようです」

阿国は驚いた。

今川軍は戦の支度を着々と進め、兵糧をすでに尾張近くの道端に積んでいる。

駿河から尾張に至る道のりは長い。

幾日もかかる旅の食料を最初からすべて運ぶわけにはいかない。それで街道の傍らに兵士や馬の食料などを用意したらしい。

「治部大輔が駿府を発つのは間近。まもなく尾張への乱入は必定」

さらに風也がささやくと、出雲聖は静かに応えた。

「今川方は駿府、遠州、三河の総勢で三万。織田方は五千ばかり。織田勢が国境に布陣しても百に一つ勝てる見込みはない。で、信長殿の策は？」

風也の顔がにわかに翳った。

「手だてはないと話していました」

「うむ。この期に臨み、手だてがないとは信長殿の本心ではないな」

出雲聖と風也はなぜ織田方を案ずるような話をするのか、阿国は不思議に感じつつなおも耳を傾けた。

「この地に紛れ込んだ敵の忍びに〝打つ手はない〟と思わせる方便かと」

気づくと、いつの間にか風也のそばに夕顔がにじり寄っていた。

「寒い……」

身体を藁で覆っているので夕顔の足は見えない。

阿国は気になった。

藁に隠れた夕顔の足が風也の背中に届いているように思えたからだ。

夕顔は風也の身体に触れたい思いがあるに違いない。

風也は気づいているはずだ。そのことをどう思っているのか、風也の心のありようがわからず、阿国はいらだちを覚えた。

風也を慕う心を恋というならば、夕顔は恋敵だ。

この時、阿国ははっきり自覚した。

心の底に屈辱の思いが浮かび、夕顔に対する怒りにすり変わっていく。

そう気づいた時、阿国は自らを恥じた。

「〝無手の籠城はいっそう甲斐なきことだ〟と、信長殿は仰せられていました」

風也は夕顔など気にも留めぬかのように出雲聖に話している。

「手だてなく、籠城も無益となれば、後は逃げるだけですが、それはないでしょう。信長殿は策なしと思わせて、一気に三河へ軍を進めるのかも」

「いや、それは得策ではない。今川は大国じゃ。織田方が敵中に深入りすれば危険にさらされる」

「ではどうするつもりで？」

出雲聖は腕組みし、しばし考えた後、口を開いた。

「義元殿はすでに大高城、鳴海城、沓掛城など東海道沿いに東から西へ戦線を延ばしておる。さらに織田の拠点、清洲城を攻めるため科野城に軍を送ったと思われる。東と東北の二方面から攻める構えじゃ」

その時、ずっと黙っていた石阿弥が横合いから口を挟んだ。

「義元殿はそれで満足せぬでしょう。海路を利用し、木曽(きそ)川河口地帯に軍勢を上陸させ、西からも清洲城を攻撃するに違いない。信長殿の清洲城は南東、北東、西の三方から囲まれ、絶体絶命の危機に陥(おちい)ります」

「動くも不利、動かざるも不利、やはり策はありませんか」

風也がため息まじりにつぶやき、肩を落とすと、

「わからん」

放り投げるように言って出雲聖は黙り込んだ。

阿国はその間、藁に埋もれて見えない夕顔の足だけに心を奪われていた。

四

早朝、阿国は生駒屋敷の北の端(はし)にある沼地を散策した。

沼の水面(みなも)は朝日を受けて輝き、時折吹く風にさざ波が起こり、さまざまな光の模様を描き出している。

真夜中から今まで阿国は一睡もできずにいた。

風也のことを考え、堂々巡りをし、結局、答えはなにも得られなかった。

阿国は懐から紫色の袱紗に包まれた銅製の手鏡を取り出した。

寝不足と煩悶のせいか、いくぶん腫れぼったい顔が手鏡に映っている。

悩みを吹っ切り、頭をすっきりさせようと、阿国は舞の稽古をはじめた。

朝の風はすがすがしく流れ、気だるい身体に心地よく吹き抜けていく。

朝焼けの雲の下で阿国は舞い踊った。

高い跳躍を繰り返し、宙で身体をひねり、着地に乱れがないかを確かめた。

「相変わらず見事な跳びね」

背後から声がした。

いつ来たのか、朝霧と夕顔が阿国の所作を眺めている。

「高く跳べるからって自惚れてはだめよ。阿国の舞はまだまだね」

夕顔は刺のある口調だ。自信から生まれているのは間違いない。

阿国は口惜しかったが、認めざるを得なかった。

「見てあげる。もう一度、舞ってごらんなさい」

朝霧はやさしく声を掛けてくれる。

「いくら稽古をしても無駄じゃないかしら。舞の艶はね、身体の動きだけでは表せないもの。要は心のあり方よ。阿国もはやく大人の女になることね」

夕顔は皮肉な笑みを浮かべながら館へ続く細道を戻っていった。

「なにもあんなふうに言わなくてもいいのに」

「よいのです。夕顔姉さんのおっしゃるとおりなんですから」

「舞は基本が大切なの。まずは基本の所作を身につけなければいけないのよ」

朝霧が舞の基本姿勢を取った。

阿国はそれを真似る。

朝霧はつねに基本に忠実で幾度も繰り返す。それゆえ姿勢に無駄がない。

それに比べ、夕顔は基本を無視した舞い方をする。

太鼓や笛の旋律に合わせようとせず、わざと一呼吸速めたり、遅らせて外す。いわゆる無手勝流なのだが、もって生まれた才が滲み出て、一種独特の色気をかもしだすのだ。

「お囃子に溶け込むにはね、どんな拍子にも応じられる身体づくりが大切よ。あなたは身体が柔らかい。稽古を積めばもっと上手になる」

阿国は朝霧の指導に従い、必死に体勢をつくろうとした。

朝霧は手をしなやかに左右に伸ばした。

その振りを見て、阿国はハッと息を呑んだ。

昨夜、村人の輪に混じって踊った夕顔の姿を思い出したからだ。

朝霧は夕顔の舞の振りを見事に真似て見せたのだ。

阿国は恥じた。

昨夜、夕顔の舞を見て、自分はうらやましいと思っただけなのに、朝霧はその所作を盗み取っていたのだ。

朝霧の舞には夕顔とは異なった色気があり、しなやかな身体の動きには爽やかな艶が感じられた。基礎をしっかりと積み重ねたゆえに滲み出る色香だった。

朝霧の持つ独自の腰と肩のひねりぐあいを阿国は必死に真似た。

「焦ることはないのよ。あなたは私たちより若いのだもの。ゆっくりと基礎を積み重ねればいい。そして、今を精一杯、舞い踊るのよ」

朝霧の言葉に勇気づけられ、懸命に舞っているといつものように幻覚に襲われた。

いきなり眼の前が真っ赤な色に塗りつぶされる。

赤一色の世界で全身血まみれの武将たちが殺戮を繰り広げている。

その中で幼い阿国がたった独りで泣いている。

――これはなに？　私は誰？

いつも繰り返される光景だ。

阿国は恐怖から逃れようと、カッと眼を見開いた。

我に返ると、全身から汗が噴き出していた。

阿国は舞うのをやめた。

その時、沼辺に設けられた小屋の陰に人の気配がした。

板を打ちつけただけの粗末な小屋には畑仕事に使う農具などが収納してある。

さきほどからその近くに隠れて阿国たちを窺っている者がいたのだ。

戦乱で荒廃した世である。

村に忍び込み、食糧を奪い、女を犯し、幼い子をかどわかすなどの乱暴や狼藉をはたらく輩は後を絶たない。ましてや灰取街道の森で襲ってきた忍者が復讐に来る危険もあった。

「阿国、戻りましょう」

朝霧は屋敷の方へと小走りに進んだ。

すると、突然、葦の繁みから二人の若者が現れて立ち塞がった。

若者は紺色の木綿の服をだらしなく着ている。近郷の村の若衆とわかった。

一人は背が高く痩せぎすで眼が鋭い。

一人は丸顔でどんぐり眼（まなこ）をしており、首に巻いた手拭（てぬぐ）いがいかにも無粋な村男という感じだった。

背後の小屋の近くにいた人影は囮（おとり）だったのか。

思わぬ所から現れた二人の若者に阿国と朝霧はたじろいだ。

「どいてください」

すり抜けようとしたが、二人の村男は黙ったまま行く手を塞ぎ、にやにやしながら近づいてきた。

阿国と朝霧は後ずさりして逃げようとしたが、背後も塞がれてしまった。

小屋の方から梅の花の着物を身につけた男が迫ってきたのだ。

村の若者だ。野良仕事で日焼けした顔がそれを物語っている。

踊りのために着たのだろうが、梅の花の柄と脂（あぶら）ぎった顔はまるでそぐわない。

「昨夜は楽しかっただな」

梅の花の若者が朝顔を見て笑った。

「昨晩はお前の踊りに見惚（みと）れていただ。どうだ。俺たちと遊ぼうでねえか」

「お断りします」

か細い声で朝霧は断ったが、三人がにじり寄った。

吐く息が酒臭い。

昨夜から今まで飲み続けていたに違いなく、明らかに酔っているふうだ。

「お前ら傀儡はいつだってやらせてくれるんだろ。いい思いをさせてやるぜ。銭が欲しいなら言いな。幾ら欲しい」

朝霧は小さく首を横に振った。

「銭などいらぬ。そこをどいてください」

昨夜、阿国たちの舞を観た三人は、それに興奮したようだ。

傀儡女の身体を嬲るという夢想は、男にとって快楽となる。

梅の花の男と二人の若者は、それを現にする暴挙に出たのだ。

「そんなに怖い顔をしないでくれよ。なあ、楽しもうぜ」

梅の花が手を伸ばし、阿国の手を取ろうとした。

「やめてください」

阿国の身体に悪寒が走った。

「茂作、おら、もう我慢できねえ。かまわねえからやっちまおう」

どんぐり眼が媚びるように梅の花の男を見た。

眼を充血させているのは酔ったせいだけではない。

欲望を抑えきれず、頭に血がのぼっているのだ。

「うるせえ。無理強いはよくねえ。俺の言うとおりにするだ」

茂作と呼ばれた梅の花の男が威嚇すると、どんぐり眼と痩せぎすは黙り込んだ。

三人の中で茂作という若者が首謀格のようだ。

「どうだ。俺たちは無体な真似はしねえ。ほれ、銭をやるだ」

茂作が信玄袋から銭を取り出して見せた。

「あなたの顔を覚えています。小折村の村長の息子さんでしょう」

朝霧は茂作を鋭く見据えた。

「昨夜、踊りの輪の中に小折村の五人の大人衆がいた。あなたはその中の一人を父つぁんと呼んでいたでしょう。それを思い出したのよ」

「それがどうした?」

「ここは生駒屋敷なのよ。村長の息子さんが不埒な真似をしていいの?」

茂作はややたじろいだ様子で朝霧を見た。

途端、パシッと、朝霧の平手が茂作の顎を打った。

ふいを食らった茂作はうろたえた。

「阿国、逃げなさい」

朝霧が叫んだ。

「ふざけやがって」

茂作が朝霧の足を摑んで倒した。

「朝霧姉さん!」

叫んだが、恐怖で阿国の声は掠(かす)れた。

どんぐり眼が首に掛けていた手拭いを引き抜いた。

と、同時に阿国の口は塞がれ、痩せぎすの男に腕をねじ上げられた。

阿国はもがいたが、ねじあげられた腕の痛さで思うように動けない。

茂作は倒れた朝霧の腹部に頭突きを食らわしている。

朝霧はその頭を蹴り上げようともがいたが、無駄だった。

「あそこに連れ込むだ」

茂作は小屋の方を見て叫び、暴れる朝霧の足を持ってずるずると引きずった。

阿国も他の二人に小屋の方へと引っ張られた。

「騒ぐんじゃねえ」

茂作たちは朝霧と阿国がこれほど逆らうとは予測していなかったらしい。

傀儡の女はすぐに肌を許すと思ったに違いなく、狼狽し、常軌を逸している。

「これ以上、逆らうと怪我するだぞ」

茂作は朝霧の着物の襟を両手で力一杯に開いた。

「あっ！」

小さく叫んだ朝霧の着物の胸元が開き、白い乳房があらわになった。

「わかりました。もう逆らいません。ですから乱暴はやめて」

朝霧は観念したように懇願し、唇に流れていた血を舌で舐めてから阿国を見た。

「ねえ、阿国、観念した方がいいようね。あなたの好みは三人のうちで誰？」

一瞬、三人の若者は顔を見合わせ、にやりと嗤った。

「お相手します。その代わり、誰から先にやるかは私たちに選ばせて」

茂作の顔を見る朝霧の瞳に、一瞬、媚の色が浮かび上がった。

阿国は急変した朝霧に驚いた。

朝霧の異様な眼を見るのは初めてだ。

「誰からやるかを決めるのは俺たちの方だ」

茂作はあらわになった朝霧の乳房を摑み、勝ち誇ったように、ヒヒッと笑った。

「もういいの、どうなっても。でも、ここではやめて。せめて小屋の中で」

「女子(おなご)は素直が一番だ」

茂作が顎をしゃくって小屋に入るように誘うと、朝霧は従った。

「お前も来るだ」

阿国はどんぐり眼に背中を突かれた。

入り口の筵(むしろ)が撥(は)ねあげられ、朝霧と阿国は小屋に連れ込まれた。

饐(す)えた匂いがする。

中は薄暗く、藁が積まれ、片隅に鍬(くわ)や鋤(すき)が置かれていた。

板の節穴を通して陽の光が細く射し込んでいる。

「脱ぐだ」

茂作は朝霧を藁の上に押し倒し、着物の腰紐(こしひも)を乱暴に抜き取った。

「あっ」

朝霧は胸を隠そうと両襟をたぐり寄せた。

だが、茂作は朝霧の手首を押さえ、乱暴に着物を剝(は)いだ。

朝霧の白い裸体に他の二人はごくりと喉を鳴らした。

――やめて。

阿国は悲痛に叫んだ。

しかし、手拭いで口を塞がれているから声にならない。

「すぐにいい思いをさせてやるからな」

茂作は声をうわずらせながら着物を脱ぎ捨て、朝霧の身体に割ってはいった。

茂作の肩幅は広く、腕も太く逞しい。

野良仕事で鍛えた身体が黄金色に焼けている。

──お願い。朝霧姉さんを許して。

阿国はいままさに凌辱されかかる朝霧を見て訴えた。

二人の男に押さえられた身体を振りほどこうと懸命にもがいたが、無駄だった。

「この阿国って女子はどっちからやる？」

阿国の右腕を捩じりながらどんぐり眼が痩せぎすを見た。

「籤で決めるべえ」

痩せぎすが応える。

「莫迦、そっちの小娘も俺がやってからだ」

朝霧の腹に顔を埋めていた茂作が振り返って怒鳴った。

「そりゃあねえだ。おらたちだって……」

どんぐり眼と痩せぎすが不服そうに鼻を鳴らすと、

「うるせえ。こっちが終わるまで、その小娘を逃すな。外の見張りも忘れるな」

茂作が一喝すると、二人はお預けを食らった犬のような顔をした。

百姓といえども格の違いはある。遊び仲間でも田畑持ちの名主の息子に小作人は頭が上がらない。親の立場の違いは子にも影響する。

どんぐり眼と痩せぎすの親は茂作の家の小作人に違いないと、阿国は思った。

「お願い。やさしくして」

朝霧は白い腕を茂作の広い肩に絡みつけている。

「おうおう。すぐに喜ばせてやるだ」

褌を外しながら茂作はうれしそうにつぶやいた。

茂作は覆いかぶさり、無骨な手で朝霧の全身を撫でまわした。

朝霧の裸身は美しかった。

清楚な女の気品を漂わせながら、大人になりつつある色気を含んでいた。

節穴から射す一条の光が裸身を妖しく照らし出している。

そのなめらかな裸身をささくれだった茂作の手がまさぐり続け、二人の間に瞬時の争いが生じた。しかし、朝霧の抗いはしだいに萎えていく。

褐色の茂作の身体から大粒の汗が噴き出してくる。

阿国は吐き気をもよおした。

か弱い小動物の白い肉を獣がむさぼっている。

阿国はすすり泣いた。泣くしかなす術がなかった。

朝霧は顔を紅潮させ、腰をうねらせ、身悶えしている。

――朝霧姉さんは……よろこんでいるみたい……。

瞬時とはいえ、もしも朝霧が悦びを感じたとしたら、あまりにも疎ましい。

阿国は女の性の哀しさを眼の前で見せつけられた気がした。

茂作は獣のような唸り声をあげ、体を震わせて快感を表している。

阿国には気の遠くなるほど長い時が過ぎたように思えた。

他の二人は物欲しそうな顔をしながら茂作が終わるのを待っている。

阿国は顔をそむけた。

全身に鳥肌がたち、眼をきつく閉じた。

朝霧の呻きがしだいに喘ぎ声に変わっていく。

茂作の荒々しい息づかいが繰り返し聞こえ、やがて恍惚の吐息になった。

手を押さえつけられた阿国は耳を塞ぐこともできず、ただ息を押し殺し、唇を嚙みしめ、耐えるしかなかった。

どのくらいの時が過ぎたのだろう。

噎せかえるような男と女の汗の匂いが狭い小屋に充満している。

やがて、朝霧がつぶやいた。

「こんな気持ち、初めて……」

甘く陶酔しきった朝霧の声に阿国は戸惑った。

「今度はその小娘だ」

茂作は顔を傾け、ちらっと阿国の方を見やった。

「だめ」

朝霧は茂作の首に腕を回し、顔を寄せ、二度三度、唇を吸った。

「この子はやめておきなさい。可愛い顔をしてるけど、凄いのよ。ひとたび男と始めるとね、狂ったようになるの。昨夜もね、生駒さまのご家来に誘われて……」

「生駒様のご家来？」

「ほら、知っているでしょう。信長さまに可愛がられている藤吉郎という小者よ」

「藤吉郎様だと！」

茂作は頓狂な声をあげる。

「ええ、藤吉郎さまはね。この子をたいそう気に入ったようなの。それで昨夜、踊りの半ばに呼び寄せられて、この子、藤吉郎さまと舟溜(ふなだ)まりの小屋の中で……」

「本当か？」

どんぐり眼が阿国を見た。

阿国は朝霧がなぜ作り話をするのかわからず、身を硬くした。

「嘘をついても仕方がないでしょう。踊りの間、私たちずっと待っていたのです。数刻後、やっとのことで帰されたの。それで可哀相(かわいそう)に思って慰めようとしたのよ。その時のこの子の言いぐさがいいじゃない」

「なんて？」

「藤吉郎さまに初めて女にしてもらい、うれしかった。毎晩でもいいって」

阿国は恥ずかしさで身体を震わせた。

——どうして、朝霧姉さんはこんな嘘を……。

嫌悪した。

「藤吉郎さまもたいそうご満足の様子でね。生駒家に留(とど)まっているあいだは毎晩、この子を差し出すようにと、座頭の出雲聖さまに命ぜられたの」

朝霧は饒舌(じょうぜつ)に語り、自らの舌を茂作の口の中に深く入れた。

「これだけは言っておく。この子に手をつけたと知れたら、どうなるかわかったものではない。藤吉郎さまは表向きは剽軽なように見えて、とっても陰湿(いんしつ)なのよ」

朝霧は自らの乳房の谷間にぐいっと茂作の顔を押しつけた。

このように大胆な朝霧を見るのは初めてだ。

妖しい色香を漂わせ、乳房を擦(す)り寄せ、茂作の顔に熱い吐息を吹きつけている。

「あなたのためを思って話しているのよ」

朝霧の迫力に茂作はたじろいでいる。

木下藤吉郎は生駒屋敷では使い走りに過ぎない。それでも信長に格別に可愛がられている。使い走りとはいえ藤吉郎は侍である。百姓より身分は上だ。

藤吉郎のお気に入りの女を穢(けが)す真似をしたら、どのような目にあわされるか、わかったものではない。本人はもとより、家族すべてが処罰されることさえある。

放蕩(ほうとう)息子でもそのくらいの道理はわかる。

藤吉郎の名が出た時から茂作は急速に欲望が萎えてしまったかのようだ。

「茂作さん、教えた私の心をわかって……」

朝霧は茂作の首に腕を絡ませた。

「だから私、他の男とはしたくないの。こっちの汚れた人たちは嫌よ」

茂作はどんぐり眼と痩せぎすを見やり、にやりと笑って立ち上がった。

「いいだろう。お前は俺だけのもんだ。それに阿国には手をつけないでやる。だから言うんじゃねえぞ。お前の仲間にも藤吉郎様にも告げ口するんじゃねえぞ」

茂作は凄味をきかせた声で言ったが、それは精一杯の虚勢のようだった。

「そ、それはねえよ、茂作。おらたちはどうなるだ」

「おらたちにもやらせろや」

「誰と？」

茂作は二人を睨みつけた。

「だ、誰とって、初めに約束したじゃねえだか」

「うるせえ、朝霧は俺の女だ。やりたければこっちの小娘とやれ」

「だ、だって、藤吉郎様のお手付きじゃ、なにもできやしねえだ」

「だったら我慢しろ。我慢できなきゃ、ここで勝手に独りで抜けばいい」

茂作は真顔で言うと、筵を開けて小屋から出ていった。

「そりゃあねえだよ」

どんぐり眼と痩せぎすは朝霧と阿国にまだ未練があるのか、一度、振り返り、それからあわてて茂作の後を追った。

阿国は二人から解放され、塞がれていた手拭いを解いて、

「朝霧姉さん……」

と、ささやきかけたが、声にならなかった。

朝霧は黙ったまま乱れた着物の裾を直している。

気が弱く消極的で、なにごとも他人まかせだった朝霧だが、阿国を救うために精一杯の嘘を演じてくれたのだ。

朝霧は身繕(みづくろ)いをすませると、涙ぐむ阿国をしらっと一瞥(いちべつ)しただけで、何も言わず、小屋の筵を開けて出ていった。

阿国は朝霧の背に深々と頭を下げ、その場に泣き伏した。

憤(いきどお)りと悔しさがこみあげ、とめどもなく涙がこぼれた。

助けられたおのれが疎ましく、惨めさがいっそう募った。

「阿国、あなたは大人の女になれなかったようね」

突然、背後から声がした。

振り返ってみると、小屋の外に夕顔が立っていた。

「惜しかったね。でも、無事で良かった」

阿国は夕顔に怒りをおぼえた。

「知っていたの？」

「ええ、すべて楽しく見ていたもの」

「なぜ、助けを呼びに行ってくれなかったの？」

阿国は憤然とした。

「いいのよ。だって朝霧は男が好きなんだもの」

夕顔は冷たく言い放ち、鼻白んだ顔で、朝の空を見上げている。

「ひどい」

阿国はふたたび泣き伏した。

第二章　白鷺(しらさぎ)の痣(あざ)の謎

一

その日の夕暮、阿国は生駒家の大門から出て行く朝霧の姿を認めた。

「朝霧姉さん！」

朝霧を追おうとした。その時、

「さしでがましい真似はだめよ」

背後から夕顔に腕を摑(つか)まれた。

「朝霧の好きなようにさせてあげなさい」

「でも」

「阿国、出雲聖さまに話してはいけないから」

「えっ？」

「朝霧は京の都で百太夫に銭を借りたでしょう？」

「それがなにか？」

「お莫迦(ばか)さんね。なにを買ったのか知らないけれど、持っていたお小遣(こづか)いをすべてつかって、それでも足りなくて百太夫に借りたのよ。あの子は律儀(りちぎ)だから、借りた銭をはやく返そうと焦っているの。わかるでしょう」

「まさか、そんな真似をしたら出雲聖さまに叱られます」

「だからぁ、黙っていてあげなさいと言ってるの」

夕顔はすべてをお見通しだと言わんばかりの口調だ。

銭稼ぎのために朝霧が身を売るなど信じられなかった。朝霧は気が弱い。出雲聖の言い付けにはつねに従う心の持ち主だ。いくら借りた銭を返さねばと焦(あせ)っても、銭儲(もう)けのために禁じられた行いをするとは思えない。

——茂作に脅(おど)されているのではないか。

心によぎる不安はむしろそちらの方だった。

阿国はたまらず夕顔の手を振りほどいて朝霧を追った。

——朝霧姉さんは、あの時、なぜ刃扇(やいばおうぎ)で身を守ろうとしなかったのかしら？

生駒屋敷の沼辺で茂作たちに襲われた時の光景がよみがえる。

刃扇、あるいは懐に忍ばせた匕首で抗えば危機を逃れられたかもしれない。

朝霧は人を傷つけるくらいなら自らの死を選ぶ心の持ち主だ。

それで刃扇や匕首を使わなかったのか。

自問したが、得心できる答えは見つけられなかった。

阿国は陽が沈みかけて辺りが薄暗くなる道を懸命に走った。

やがて夜の帳が下りてきた。

樹々がこんもりと繁る鎮守の森を透かし見たが、朝霧の姿はない。

――朝霧姉さん、いけない。茂作と関わってはだめ。

もしも夕顔の言うとおり、身を売って銭を得るような真似をしたら、出雲聖は朝霧を座から追い出すかもしれない。朝霧がそれほど銭に困っているのなら自らの小遣いをあげてもいいと思いつつ必死に姿を求めた。

どのくらい捜し回っただろう。

我に返った時、阿国は森の近くの畦道を歩いていた。

見上げると、先程まで夜空に輝いていた月はいつしか黒い雲に隠れている。

湿った生暖かい風が吹いてきた。雨が降る前触れの風だ。

やがて湿った風に乗って、夜空から霧のような細やかな雨が降ってきた。
阿国は雨が嫌いではない。いや、むしろ、雨に濡れるのが好きだった。
雨に煙る森は刻一刻と潤いを増していく。
だが、朝霧のゆくえが気がかりで、心地よさを満喫できずにいた。
その時、ふいに風の流れとは異なる気配を感じ、ハッと足を止めた。
森の中を走る人影が見えた。
村の若衆ではない。動きが速すぎる。
——忍びだ。
阿国は咄嗟に草むらに身を隠した。
「隠れても無駄だ」
風に乗って甲高い声が流れた。
「お前はすでに我の手の内にある」
灰取街道の森の中で襲ってきた忍者に違いない。
阿国は身を硬くした。
「もはや逃げられはしない。ふふふ……お前はすでに死んだも同じよ」
数間離れた畦道に覆面をした黒装束の姿が浮かび上がった。

手には小剣を握っている。
阿国は意を決して草むらから立ち上がった。
「それでよい。隠れようと隠れまいと、お前は逃れられぬ」
黒装束はじりじりと詰め寄ってくる。
阿国は懐に忍ばせていた匕首を握りしめた。
「おや、立ち向かうつもりか」
覆面から覗く眼が笑っている。
と、同時に黒装束は小剣を突きたて、ダッと阿国に向かって突進してきた。
阿国は後方に跳んだ。
第一撃をからくも避ける。
が、敵はすばやい動きで阿国を追い、斬りかかってきた。
次々と繰り出してくる斬撃を阿国は後退しながら避けた。
足はもつれたが、体勢を保ちながら身構えた。
生まれて初めての戦いだ。
今までこのように生死を懸けて戦ったことはない。
守ってくれる出雲聖も風也も石阿弥も百太夫もいない。

心の臓が激しく高鳴った。

――なんとか攻撃をかわし続け、隙を見て逃げねばならない。

機を窺(うかが)った。

シュッという耳障(みみざわ)りな音が響き、敵の小剣の切っ先が眼の前に迫った。

阿国は咄嗟に横に跳び、攻撃を避けた。

「死ね！　死ね！　死ね！」

連続的に小剣を突かれる。

血が身体(からだ)の中でカシャカシャと音を立てて氷結していくようだ。

膝(ひざ)がガクガクと震えた。

敵は獰猛(どうもう)だ。突き上げてくる小剣が喉(のど)に突き刺されば死ぬ。

懸命に第三、第四波の攻撃から身をかわし、高く跳躍した。

樹の幹を足で蹴りあげ、その反動で果敢に敵に突進した。

「なに？」

防戦一方だった阿国が突如、反撃に転じたので敵は戸惑ったようだ。

その瞬時の隙を見逃さず、草むらに着地し、ふたたび高く飛翔した。

宙に舞いながら石阿弥にもらった刃扇を開いて飛ばした。

刃扇が一直線に敵を急襲する。

「あっ」

思わぬ方角から飛んできた刃扇に敵は体勢を崩した。

直後、覆面がパラリと落ち、隠していた顔があらわになった。

女だ。その顔に見覚えがあった。

昨夜、生駒屋敷で信長が舞っている時に話しかけてきた巫女(みこ)だ。

「胡銀」

阿国は驚きの声をあげた。

「よく名を忘れずにいた」

胡銀は不敵な笑みを浮かべた。

「見事な扇投げね。でも、無駄なあがきよ」

一瞬、風が止(や)む。

直後、阿国は新たな殺気を感じた。

振り向くと、背後にもう一人の忍者が立っていた。

黙ったまま、じりじりと間合いを詰めてくる。

ふたたび風が吹き、雨脚が強まった。

「お前が都で踊るのを見た。肌に浮く白鷺の痣、昨夜もね」

胡銀はぽつりと言った。

「肌の痣を？」

思わず問いかけた。

「白鷺の痣はお前だけが持つもの。死んでもらう」

——肌に浮き上がった白鷺の痣にこだわるとはどういうことなの？

胡銀が何を言おうとしているのか意趣がわからない。

「私は芸に生きる女傀儡です。なぜ、私を狙うの？」

阿国は取り乱し、愚にもつかぬ問いかけをしてしまった。

「蟬丸、この女を辱めておやり」

胡銀はもう一人の忍者に命令口調で言い、顎をしゃくった。

「お嬢の前では……」

蟬丸と呼ばれた忍者はすこしばかり戸惑いの様子をみせる。

「私の言うことが聞けないのかえ」

「しかし……」

逡巡する蟬丸は下忍と思われる。

忍者には上忍、中忍、下忍の階級分けがある。最下層の下忍は上忍や中忍の命令を聞かねばならない。胡銀は少なくとも蟬丸よりも上の身分に違いない。

「辱めてから殺せ」

残忍な眼を光らせて胡銀がふたたび命じると、蟬丸は決意したようだ。

一呼吸すると奇声を発して突進して来た。

阿国は避けようとした。

直後、鈍痛が走り、前のめりによろけた。蟬丸の拳で腹部を打たれたのだ。

懸命に体勢を整えようとしたが、無駄だった。

蟬丸にのしかかられ、仰向けに倒れたまま草むらに組み伏せられた。

「可愛い顔をしている。高貴な女の香りがする」

息を乱す蟬丸は二十歳ほどのようだ。

「姫か……ならば姫を穢しておやり」

——姫とはどういうこと？

胡銀に〝姫〟と呼ばれ、阿国は戸惑った。

「姫に恥辱を与えておやり！」

異様に眼を充血させた蟬丸に小さな乳房を鷲掴みにされた。

痛さに悲鳴をあげつつ阿国は有らんかぎりの力で暴れた。

立て続けに蟬丸の分厚い手で頰を殴られる。

一瞬、意識が薄れた。

「手鏡を持っているはずだ。二引両の紋の。探せ」

胡銀の声の後、蟬丸の無骨な手が阿国の乱れた着物の襟元から割り込んでくる。

――手鏡……なぜ、私が手鏡を持つことを知っているの？

蟬丸は目当ての物を探し出そうと阿国の身体に触れ回り、袱紗を摑んだ。

「ありました！」

蟬丸は袱紗から手鏡を取り出し、裏を見た。

「確かに二引両の紋！」

「やはりな。構わぬ。やれ！」

「御意！」

襟元をグイッと引き開けられる。

「親に逢うたら親を恨め。父に逢うたら父を恨め。母に逢うたら母を恨め」

蟬丸は何ごとかつぶやきながら凌辱してくる。

「嫌っ」

抗ったが、蟬丸は胡銀の命令には逆らえぬとばかり、力ずくで阿国の身体に割って入ろうとした。

――嬲られる。

口惜しさに舌を噛んで死のうかと思ったが、ふいに風也の顔が浮かんだ。

できるならば初めての交わりは風也としたい。初めての身体は風也に捧げたい。灰取街道の夜の森で忍者たちに襲われた時、ただ一心に風也の身を案じた。無事を確かめた後、体内に初めて女のしるしを得た。心にも身体にも恋という思いを芽生えさせてくれたのは風也だ。殺される前に逢いたい。せめて生き長らえてもう一度、風也の三味線を聴きたい。

胸に熱いものが込み上げ、眼が潤んだ。

「じゅうぶんに辱めてやるぞ」

蟬丸は乱れた阿国の着物の裾をたくしあげた。

雨が激しさを増し、顔を打ちつける。

阿国は惚けたまま雨を浴びていた。

直後、異変が起きた。

シュッと一条の細い烈風が走った。

と見る間、蝉丸の喉元から一筋の血が流れた。

一瞬、何が起きたのか、阿国にはわからない。

蝉丸の動きが止まり、手鏡をポトリと草地に落とした。

「蝉丸！」

胡銀が叫んだ時、ガクッと、膝を折り、蝉丸はそのまま地に倒れ伏した。喉をひゅ～ひゅ～と鳴らしている。蝉丸は絶命寸前だったが、まだ生きている。

「胡銀とやら、どうする」

篠突く雨の中から声がした。それはまぎれもなく風也の声だ。

「どこだ？　出て来い！」

胡銀は周囲を見回し、隙があれば逃げるような姿勢で小剣を構えている。

「仲間を見捨てて立ち去るか？」

風也の声に、

「忍びはつねに死を覚悟しているもの。敗れた蝉丸はこの世に未練はないはず」

胡銀が冷たく言うと蝉丸の顔がわずかにゆがんだ。

「蝉丸、いさぎよく自ら命を絶て」

胡銀の声は憂いを含んで震えているように聞こえた。

「お嬢……」

蟬丸は苦悶の表情で胡銀を恨めしげに見た。その眼はすでに虚ろだ。

蟬丸は忍者の掟を充分に知っているに違いないが、何かが生との訣別を躊躇させているようだ。

「見苦しい」

胡銀の眼にほんの一瞬だが、涙が滲んだ。

だが、次の瞬間、胡銀は意を決したかのように小剣を投げた。

「人に知られざるを本懐と思え」

小剣が蟬丸の喉元に突き刺さった。

ひゅ～ひゅ～と、喉を鳴らす蟬丸を見つめ、胡銀は言い放った。

「蟬丸、お前が見事に自害したと、お館さまに伝える」

突如、胡銀の周囲に金色の粉が散った。それは雨と夜風に煽られて舞い乱れ、闇の中できらきらと輝いた。

阿国は金色の乱舞に幻惑されそうになった。

「阿国、離れろ。毒を含んでいるぞ」

風也の声がした。

刹那、胡銀の身体は五、六間先に移り、みるみる遠ざかって行った。

舞い散った金粉にどのような毒が含まれているのか。

忍者は山野に群生するヤマトリカブトやハシリドコロ、さらにフグの卵巣や肝臓、蝮などの毒蛇、蝦蟇などを粉末にして毒殺に用いると聞いたことがある。

阿国は咄嗟に三間ほど後方に転がって金粉の渦から逃れた。

「お嬢……そなたに渡した楽焼の花入れは……やがては天下一の号を得るに違いない……吉左衛門の作ですぞ……」

蝉丸は走り去る胡銀に訴え、手にした忍熊手で顔を掻き潰して息絶えた。

「この忍び、あのくノ一を慕っていたのか……哀れな奴……」

木陰から現れた風也がつぶやいた。

二

阿国は風也の胸に飛び込んだ。

細身の身体に似合わず胸は厚く逞しい。身体の温もりを感じつつ我を忘れてしがみついた。だが、風也からのやさしい言葉はない。

風也は雨に打たれて横たわる蟬丸を見て両手を合わせた。

「忍びは人に正体を見せぬもの。顔を潰して知られざる身になった。後は蟬丸の名が残るばかり。未練ゆえに死をためらった蟬丸を胡銀は永遠に忘れられぬであろう」

阿国も蟬丸を哀れんだ。胡銀に対する一途な恋慕の想いが悲しかった。

その一方で、胡銀の方もおそらくは蟬丸の想いを知っていたに違いない。それでも忍者として非情に殺さざるを得なかった胡銀の心を思うとやるせなかった。

「この忍びたち、阿国の手鏡にこだわっていた。どうしてだ？」

「わかりません」

「うむ、すでに我らを織田方の忍びとして狙っているのではなさそうだ。灰取街道で仲間を殺された私怨ゆえに襲うのか？　それとも別のわけがあるのか？　阿国、気をつけろと出雲聖様に忠告されたはず。なぜこのようなところにいた」

「朝霧姉さんが心配で……」

阿国は俯いた。

「茂作という村長の息子にそそのかされているの」

早朝に生駒家の沼のほとりで朝霧が襲われたことまでは言えなかった。

「しょせんは百姓なのだろう。心配は無用だ。朝霧はしっかりしている。いずれ帰って来る。他人のことに心を砕く前に、自らの身に心を配れ」

叱責され、阿国は返す言葉もない。

「風邪をひく。戻ろう」

風也は樹木の下に置いていた布の袋を手にした。

中には愛用の三味線が入っている。

雨の日は湿気から守るために三味線を袋に収めているのだ。

「いいの。私はこうしているのが好き」

不貞腐れたような態度で言ったが、本心は違う。

いつまでも風也と二人きりでいたいと願った。

だが、風也は阿国の想いなど知らぬかのように歩きだした。

阿国は寂しさをおぼえながら落ちた手鏡を拾い、袱紗に包んで風也を追った。

「私は雨が好き。雨に濡れているのが好き。雨の中で踊るのが好き」

何かを語っていなければ居たたまれない。

「霧も雷も雪も好き。山も川も海も森も好き」

とりとめのないつぶやきを真綿が水を含むように風也は吸い取ってくれる。

悲しい時、嬉しい時、悩んでいる時、風也はふいに現れ、心の奥を見透かすように阿国をしっかりと抱きとめてくれる。

失われた過去の記憶を風也なら見極めてくれるかもしれない。

そう思うと身体に熱い血が滾ってくる。

「私は樹々に渡る風が好き。風が吹けば風の囃子、雨に濡れると雨の唄が聞こえる。陽が照りつけば太鼓の音が聞こえる。風や雨や陽を浴びながら踊るのが好き」

語り続けたが、風也は知らぬ素振りだ。

いつしか雨は止み、雲間から月が見え隠れしている。

「聞いてくれている？」

顔を覗き込んだが、風也は何事か考えている様子だった。

常日頃、風也はなにを求めているのか、阿国はいつも戸惑うしかない。

時折、風也はふっと虚ろな眼をする。

その瞳の奥にはなにか他人には言えない秘められた過去があるに違いない。

憂いを含んだ謎めいた眼を見るたびに、阿国は気を揉んだ。

いつの日か、風也の過去が白日の下にさらされた時、なにか悲しい結末が訪れるのではないかと、不安を抱いた。

とりわけ昨夜から風也はいつもにも増して無口になっていた。

異常なばかりの鋭い眼で織田信長を見つめる姿が思い起こされる。

信長の舞を眺めていたのではない。

心の奥底に秘めた信長への思いを探るような眼の光だった。

——風也はなにかを心に秘めている。それがなんなのかわからない。

もどかしさだけが募（つの）った。

「どうした。なにを考えている」

風也に見つめられると、阿国の胸は熱くなり、思わず眼を伏せた。

「むずかしい年頃だな」

風也はおもむろに袋の紐（ひも）を解き、三味線を取り出して弾きはじめた。

　ただ人は情けあれ　夢の夢の夢の　昨日は今日の古（いにしえ）へ　今日は明日の昔

風也の弾く三味線と唄は哀愁（あいしゅう）を帯び、阿国の胸を締めつけた。

風也の悲しみがどこから湧（わ）き上がってくるのか、阿国にはわからない。

〝せめてこの世は情けを忘れずに生きよう。夢のように儚（はかな）い世の中、昨日は今日の昔となり、今日は明日の昔となる。またたく間に過ぎて消え去るものだもの〟

蟬丸の死を哀れんだのか、明日をも知れぬ我が身を思って歌っているのか。阿国には風也の心中が摑めない。

はがゆく思いつつ三味線の音を聞くだけだ。

突然、風也は撥(ばち)を強く叩いた。怒りを込めたかのように弾いている。

「なにか悩んでいるの？　昔、なにかあったの？」

「出雲聖様たちが心配しているぞ」

「はぐらかさないで」

阿国は心を激しく揺り動かされた。

――身も心も風也に捧げたい。

風也に抱かれることで大人たちがいう本当の女になってみたい。

今を逃したら永久に風也を得ることができなくなる。

身体の芯(しん)が燃え上がったが、風也の背中を哀しく見ることしかできなかった。

三

出雲聖一座は、生駒屋敷の近くにある廃屋(はいおく)同然のあばら家を新たに与えられていた。

外は相変わらず風が吹き荒れている。

身体を濡らした阿国は暖をとるべく囲炉裏のそばに横たわり、燃え盛る炎をぼんやりと眺めていた。

〝白鷺の痣はお前だけが持つもの……死んでもらう〟

〝手鏡を持っているはずだ。二引両の紋の……姫を穢しておやり〟

狂ったように叫んだ胡銀の言葉がよみがえる。

――胡銀は白い鷺のような痣にこだわっていた。

――二引両の手鏡を持つ私をなぜ、殺そうとするの？

――私はいったい誰なの？

疑念が改めて湧き上がった。

「女忍者に襲われただと？」

阿国がすべてを話すと、出雲聖は眉をひそめた。

出雲聖はしばらく黙り込み、何事か考えた後、口を開いた。

「胡銀も女。阿国の舞があまりにも美しいので、妬みを抱いたのであろう。手鏡は何かの折りに見て、欲しいと思ったのに違いない。気にするな」

阿国は不満だった。

——出雲聖さまは何かを知っていて隠している。

不審の念を抱いた。

だが、自らの過去を目の当たりにするのが怖いという気持ちと、いまさら過去を知っても詮ないとの思いが交錯し、それ以上、聞く勇気がなかった。

ふいに阿国の心に出雲聖と出逢ったときの光景がよみがえった。


幾つの時だっただろう。

それは七歳ほどの幼き日だったような気がする。

阿国は蝶の模様の小紋を着た女に手を引かれて走っていた。

途中、眠ってしまったようで、気づくと女の背におぶさっていた。

女は一昼夜ほど走り続け、ある寺の門を叩いた。

それからしばらくの間、阿国は庭で待たされた。

境内には尼や寺男や旅芸人や百姓などがいたような気がする。

〝名はなんというの〟〝どこから来たの〟と、誰もがやさしく声をかけてくれた。

だが、応えられなかった。

名も知らず、自分が誰で、どこから来たのか、連れの女は母なのか、そうではないのか、何もわからずに戸惑い、黙ったまま俯いているしかなかった。

――私は誰なの？　なぜ名がわからないの？

幼いながらも寂寥感に襲われ、心を傷めた。

小半時（三十分）ほど境内で待たされると、厳しい顔つきの男が現れた。

そばには大柄な男と細身の男。

そして、少し年上と思われる二人の女の子がいた。

それが出雲聖、百太夫、石阿弥、そして朝霧と夕顔だった。

なぜか蝶模様の小紋の女はいなかった。

誰かわからぬ女人だったが、一昼夜、一緒に走ってくれた恩人だ。

不安を感じて〝あの人はどうしたの〟と、訊いたような気もする。

だが、それよりも自分が誰なのかを知りたい思いで頭がいっぱいだった。

それから新たな着物を与えられ、〝阿国〟と名付けられ、一緒に旅を始めた。

出雲聖一座に連れられ、寺や神社で催される市や祭りを訪れ、各地を旅した。

おもに山陰道、西街道、南街道を巡った。時には北陸道を下ったこともある。

戦乱の世が続き、道や橋梁は荒れたまま放置されていた。

各地に群盗があふれ、駅宿に長(おさ)はおらず、関守がいない所もあった。

旅の途中で危険な目に幾度あったか数えきれないほどである。

そのたびに出雲聖は阿国たちを護ってくれた。

流行り病(はややまい)にかかった時は寝ずに看病をしてくれた。

一度、阿国は北陸の山村で風邪をひいたことがある。

百太夫が秘蔵の薬を与えてくれたが、効き目がなく、阿国は高熱を発した。

身体中に悪寒(おかん)が走り、息苦しくなり、このまま死ぬのだと思った。

山村ゆえに医者はいなかったようだ。

山を下りて町に出れば医者がいると聞いた出雲聖たちは翌朝、出発することにしたらしいが、折悪(おりあ)しく前夜から大雪が降ってしまい道が塞(ふさ)がれた。

阿国の病状はますます悪化する。

北国では村人たちが総出で橇縋(かんじきすがり)を使って雪道を踏み開き、その道を辿(たど)って往来する。

だが、名も知れぬ漂泊(ひょうはく)の旅の幼な子のためにわざわざ労を費やしてくれる者はいない。村人を幾十人も雇って雪道を踏み開いてもらうべき多額の銭もない。

出雲聖たちは困り果てたようだ。

しかし、しばらくすると村人たちが続々と集まり、橇絽で町へ続く道を踏み開いてくれた。

その道を百太夫に背負われつつ、阿国は朦朧（もうろう）とした意識のまま村人たちに感謝した。

この時、出雲聖が村でなにをしたのかはわからない。いずれにせよ多大な代償を払って、阿国のために村人を集めてくれたのだ。


その時ばかりではない。出雲聖はいつも阿国にやさしかった。

――出雲聖さまはいつかすべてを話してくれるに違いない。

幼き頃の謎が解けるその時を待つしかないと阿国は思った。

夜の風はなおも荒れ、廃屋同然の部屋のあちこちからすきま風が流れ込んでくる。

阿国はかすかに身震いした。

「出雲聖様、外に人の気配が」

石阿弥の声で男たちに緊張が走った。

戸外から中の様子を窺う人の気配がする。

灰取街道から付け狙っている忍者たちなのか。

阿国は身を強張らせた。

風也は奇襲に備えて土間に下り、百太夫と石阿弥は戦闘態勢に入っている。

出雲聖は阿国と夕顔を庇うようにして身構えた。

沈黙が辺りを包んだ。

だが、戸外に殺気が感じられないことはすぐに阿国にもわかった。

「朝霧、戻ったのか」

風也が戸外に声をかけると、闇の中から湧くように人影が立ち、ひとりの男がするりと入ってきた。

「藤吉郎!」

夕顔が素っ頓狂な声を上げる。

予測もできぬ男の訪問に誰もが驚いた。

戸口に立った風也はそのままの位置で戸外を窺い、石阿弥は藤吉郎の一瞬の動きも見逃すまいと身構えたままだ。

出雲聖と百太夫が藤吉郎に向かい合うと、

「頼みがあってなも。思いあぐねやしたが、来てもうただぎぁ」

藤吉郎は剽軽に笑って見せ、手にした土壺を差し出し、懐からいくつかの盃を取り出して板間に並べた。

「酒だ。呑んでちょ～」

藤吉郎は土壺から盃に酒を注いで自ら呑んだ。

「噂に違わず気が利くな。で、わしらのような者になんの頼みかな」

「まあまあ、そげな難しい顔をしねえでちょ～」

くだけた調子だが、藤吉郎は真顔だ。

「オラを三河に連れて行きや～せ」

「三河に？　なぜじゃ」

「おみゃ～様たちも知っとるだなも。今川勢は間もなく尾張に攻めてきゃ～す。駿河、三河じゃ戦いの支度が着々とすすんでおりゃ～す。兵力は総勢で三万とも四万とも噂されとるだぎゃ。対してオラが織田軍は総勢で八千がええところであ～。こんまでぁ勝ち目がねえ。信長様は迎え撃つ策はなんもねえと武将たちに仰っせらるるが、オラはそんお言葉を信じてはおらんぎゃい」

藤吉郎は一気にしゃべり、声を落とした。

「信長様の心にはな、秘めたもんがあるに違えねえ。前田様と蜂須賀様の手の者を三河に走らせたようだなも」

「なぜ、そのような大事な話をわしたちにするのだ」

出雲聖は藤吉郎のしわだらけの顔を見据えた。

「オラはしょせん小者であ～。なんも教えてはもらえね～だなも」

藤吉郎は自嘲気味にため息を吐いた。

「信長様がなんば考えておりゃるるか、今川の侵攻にどう対処しよっとされちょるのか、オラはこん眼で確かめてえ。信長様はいかなる苦境に陥ろうとも果敢に戦う御方だ。降伏して城を明け渡したり、逃げ出したりする腰抜けでねえ。必ずなにか策を秘めておりゃるるはずだにゃ～。オラは今川方の動きを摑んで役に立ちてえ。そんためにに三河に走りてえ。んだが、一人ではままならねえ。それゆえ、おみゃ～様たちに眼をつけた。一時でええ、一座に加わらせてくりゃ～せ」

「我らに？」

「ちっとだが、貯めた銭がありましてなも。それをおみゃ～様たちにやる。道中での飲み食いなどの路銀はオラが払う。そんでどうだ。承知してくれりゃ銭を持って、明日の早朝にくるだぎゃ」

百太夫も石阿弥も呆気に取られている。

「お前のような小者が動いたところでなんの役に立つのだ」

「わからねえだにゃ〜も」

藤吉郎はグビッと酒を呑んだ。

「藤吉郎、頼みごとをするならすべてぶちまけてしまえ。俺たちに隠し立てをし、お前の都合だけで承知はできねえ。お断りだな」

百太夫が言うと、藤吉郎はしばし考え込むように酒を呑み続けたが、ふいに顔を上げた。

「生駒屋敷でな。信長様が前野様に耳打ちなされた。オラは聞いただにゃ。信長様はこう仰っせられた。『備えず、構えず、機をはかって応変。すなわち間合いこそ肝要なり。人間五十年、乾坤の機を窺う。汝ら、鎌倉道に差し出て、逐一、注進あるべし』と、だにゃ〜」

「どういうことだ？」

百太夫が畳みかけると、藤吉郎はさらに数杯の酒を呑んだ後、言った。

「信長様はな、鎌倉街道のどっかの地で敵を奇襲するに違えねえであ〜」

「奇襲だと！」

百太夫は目を丸くした。

「しかし、それは信長殿にとってはもっとも危険と思われる策じゃ」

出雲聖は初めて話に反応した。

「オラは信長様の気性を知り尽くしているだにゃ。好機が偶然にやってくるのを待ち受ける御方でゃねえ。好機をつくりあげる才人でや〜す。奇襲しか織田軍が勝つ道はねえだぎゃ」

百太夫は呆れ顔で笑ったが、出雲聖は腕組みして唸った。

阿国には男たちの話に興味はない。

傍らにいる夕顔が戸口で外を見張る風也を凝視している。

そのことだけが気になった。

「刻、場所、手だて、この三点をもって敵の意表を突き、一気呵成に攻めるつもりか……どうします。出雲聖様」

石阿弥が問いかけると、

「藤吉郎殿の好きにさせるがよい」

出雲聖は応えた。

「ありがてえだぎゃ〜も」

藤吉郎は喜んだが、

――どちらが勝とうと出雲聖さまには関わりがないはずだ。

阿国はいぶかしく思った。

傀儡には定まった住居などない。雲が流れるがごとく諸国を旅する。鳥が飛ぶごとく風の吹くまま各地を漂流する。自由を謳歌する旅である。遊行の民に領国はない。領主など誰でもよいのだ。

出雲聖は誰かの庇護の下で暮らそうとは微塵も考えていないはずだ。庇護を受ければ恩義を感じる。恩義の積み重ねは義務感を生じさせ、自由に生きる傀儡にとって、それは好むところではない。

出雲聖がなぜ藤吉郎の申し出に応じたのか、阿国にはわからなかったが、生駒屋敷で踊りの張行があった深夜、厩で出雲聖と風也はなぜか織田方を案ずるような話をしていたことを思い出した。

――もしかしたら、そのことに関わりがあるのかもしれない。

「百太夫、呑もう。呑もうぞ。おい、そこの男、オラはひとりでここに来たんだ。見張りなど無用であ～。一緒に呑んでちょ～」

藤吉郎が盃を掲げると、出雲聖は風也と石阿弥に警護を解かせた。

男たちは車座になって酒盛りを始めた。

「藤吉郎、おぬし、なぜそれほどまでに織田家に忠義を尽くす?」

石阿弥が問いかけると藤吉郎は酔いしれた眼を潤ませた。

「誰か好きな女でもいるのか？」

百太夫が茶化(ちゃか)すと、藤吉郎はうなだれて眼を閉じた。

「ほう、その女の肌にのめり込んで離れられなくなったわけか」

「そんなんでねえ」

藤吉郎は酔った顔を強張らせた。

「なんだ。まだ抱いてもいないのか。それは生駒屋敷の下働きの女か、それとも近郷の娘か。いずれにせよ好きならば押し倒してしまえ」

「オラはさかりのついた犬じゃねえ。女が欲しうなっても、下働きや村娘なんどの下賤(げせん)な女には手を出したりはしねえ。オラは高貴な女しか相手にしたくねえだよ」

「高貴な女か。女の家柄に乗じて偉くなりたいか」

「そんなんでねえ。オラはオラは……」

藤吉郎は唇を噛みしめた。

「藤吉郎、おぬし、ひょっとすると吉乃様に惚(ほ)れておるのか。生駒屋敷で吉乃様を見るおぬしの眼はさかりのついた犬のようだったぞ」

百太夫が唐突に言うと、藤吉郎はうろたえた。

「莫迦なことを言や〜すでねえ。吉乃様は弁財天のように神々しい御方だ。オラなんかが慕ったら罰があたる。オラは犬なんかじゃねえ、猿だ。餌を与えられればキャッキャッと騒ぐ猿でしかねえんだ。ギャッハハハ……」

「図星か」

百太夫が笑った。

「おぬしは吉乃様にたいそう可愛がられているようだな」

「うるせえ、うるせえ」

藤吉郎はいきなり立ち上がった。

「哀れな奴め。女は穢らわしい獣だ。惚れるなどやめておけ」

百太夫が唾棄するように言うと、

「うるせえ、うるせいやぃ！」

藤吉郎は足元もおぼつかぬ態で小屋を出て行った。

阿国の胸に底知れぬ淋しさが宿った。

忍者の蟬丸は胡銀への想いを遂げられずに死んだ。

そして吉乃を慕いながらも、想いの丈を言えずに悶々とする藤吉郎の心を阿国は知ったような気がした。

人のなさぬさだめが悲しかった。

その夜、遅くなって朝霧が雨に濡れて帰ってきた。

「夜道に迷ってしまいました」

すぐにわかる嘘だったが、出雲聖はなにも問いただそうとはしない。

「身体が冷えておるだろう。火のそばでやすめ」

石阿弥が声をかけると、朝霧は小さくうなずき、濡れた着物を脱ぎ始めた。

「身体は冷えても、懐は温もっているのかしら」

夕顔は揶揄するように言って朝霧を見た。

「朝霧姉さん、ここに来てください。私はもう充分に温もりましたから」

朝霧を囲炉裏に誘い、阿国は横になって筵を被った。

「ありがとう」

新たな衣に着替えた朝霧は囲炉裏のそばに横たわり、眼を閉じた。

――やはり茂作に抱かれていたのね。

阿国は不安を募らせたが、尋ねられない。

横たわる朝霧を誰もが無言で見つめている。

いたたまれぬような沈黙の時が流れた。

それを破るかのように風也が片隅に置いた三味線を弾き始めた。

阿国は筵を被ったまま三味線の音に聞き惚れた。

特に叩くように強く三の糸を弾(はじ)かれると身体が痺(しび)れた。

――せつない。

阿国は筵の下で身悶えした。

寝巻の裾を手繰(たぐ)り、身体を撫(な)で、乳房に触れた。胸から腹部へ、秘処(ひしょ)のやわらかなふくらみを指で辿っていく。

身体の奥で熱く湧き上がるものがあった。

その夜、阿国は生まれて初めて、独(ひと)りで熱く身体を濡らした。

四

どこかで鶏の声が聞こえ、東の空が白みがかる前に藤吉郎はやってきた。

その奇妙な出で立ちに阿国は唖然となった。

藤吉郎は市女笠(いちめがさ)を被って顔を隠し、長い衣に赤い掛帯姿、胸元には赤地錦(あかじにしき)の袋を提げている。まさに女の旅装束である。

「よろしくお願いいたします」

市女笠を取って、にっと笑った藤吉郎は化粧を施(ほどこ)していた。

女というよりは不気味な老婆だ。

阿国ばかりでなく、朝霧や夕顔までが悲鳴ともつかぬ叫びを発した。

「お約束の銭でございます。お預けいたします」

藤吉郎は小袋を出雲聖に差し出した。中には砂金が入っている。

「道中は一緒じゃが、三河に着けば別行動になるかもしれぬ。お前もなにかと物入りとなろう。持っているがよい」

出雲聖は小袋を藤吉郎に押し返した。

「身勝手な頼みを受けてくれたばかりか、銭も取らないとは……」

藤吉郎はぼろぼろと涙を流した。

情にほだされやすい気質なのか、作り泣きなのか、阿国にはわからなかったが、嘘の涙なら侍よりも芸人になる方が適していると、思わず苦笑した。

「百太夫、荷物を」

出雲聖に促されて百太夫がごろごろと荷車を曳(ひ)いてきた。

荷車には芸能用のさまざまな衣装や傀儡人形、太鼓、簓などの小道具、さらに大刀、小刀、弓の武器類、胸掛け、手甲、脚絆、足袋や懐中付木、提灯、薬、桶などの生活必需品。そして塩や米や粟が積まれている。

荷車を曳くのは百太夫の役目だが、坂道、山道では阿国たち女も後ろから押したりして手伝うのだ。

「良き旅になりそうじゃ」

山の端を照らす朝日を眺めながら出雲聖は一歩を踏み出した。

周囲一帯の畑に育った青麦が風にそよいでいる。

道を少し進んだ所で朝霧がふいに立ち止まって麦の穂を摘んだ。

「麦の刈り取りが始まるのはまもなくね。次は稲作よ」

向こうの林に阿国たち一行を見送る人影が見えた。茂作だった。

朝霧はちらっと茂作の方を見たが、すぐに悲しげに俯いた。

「茂作の奴、朝霧を意のままに操ったようね」

夕顔が阿国にささやいた。

「欲しいものはすべて手に入れなければ気がすまない男のようね。でも、そういうのっていいじゃない。私だって欲しいものは必ず手に入れてみせるもの」

夕顔は輝く眼で風也を見た。
風也への思いを改めて知らされた気がして阿国の心は揺れ動いた。
——風也は私なんかより、夕顔姉さんを好きになるに違いない。
阿国の胸は乱れた。
「朝霧、なにをしている。はやく来い」
百太夫が声をかけると、朝霧はふたたび茂作の方を見てから小走りにやって来た。
「必ず戻るから」
朝霧がぽつりとつぶやいた。
その声を阿国だけが聞き取った。
——戻るって……。
——朝霧姉さんは茂作とどうなるのかしら?
——茂作の都合のいいようにされるに違いない。
阿国は心配だった。
一行は三河に向かって進んだ。
田には水が張られ、田植えの時期を間近に控えた早朝のことであった。

五

三河の城下は多くの人々が行き来して賑わっていた。

町人の他にも近郷から来た飴売り、酒売り、魚売り、薪売り、薬売りなど行商人の物売る声があちこちから聞こえてくる。

しかし、川辺にある散所はちがった。

「ひどすぎる」

阿国は散所と呼ばれる吹き溜まりに住む人々を茫然と眺めた。

そこには餓死寸前や病に苦しんで治療を受けられずにいる人が数多くいた。

何をするでもなく川原をうろついている。

「阿国、はやく来い」

出雲聖の声で阿国は我に返り、散所人の間をすり抜けて走った。

前方に莫蓙の幕が張られ、町民たちが群がっている。

四方を莫蓙で囲った中から歌舞の音曲が聞こえてきた。

歌念仏。八打鐘。太神楽。獅子舞。歌比丘尼。猿楽。鳥追。

宗教者や芸能者が入り交じり、人々の関心を引こうとしている。

集った町民から銭の施しを受けようと、それぞれの芸を演じていた。

「あそこで私たちも舞うのですか」

朝霧は心もとなさそうに俯いた。

「そうじゃ。お前たちの舞がどれほど注目を浴びるか、試してみるがよい」

出雲聖が三河に来て、わざわざ散所を選び、阿国たちに舞わせるのは銭を稼ぐためではなかった。公家の前では公家が喜ぶ舞を、武将の前では武将が喜ぶ舞を、商人の前では商人が喜ぶ舞を、町民の前では町民が喜ぶ舞を、村人の前では村人が喜ぶ舞を披露する。

老若男女、貴賤群衆、いかなる観客にも喜びを与える芸を磨く。

それが出雲聖の目的のようだ。

朝霧は扇を開き、巧みにくるくると回した。

「扇はね。舞い手の魂なのよ。心と溶け合わなければならないの」

扇の扱いは多種多様である。

ひらひら振れば雪。かざせば太陽。雨も風も霙も表現できる。

阿国も朝霧を真似て舞い始めた。

その時、夕顔が髪を鉢巻き(はちま)きでまとめ、腰に大小の刀を差した男装姿で現れた。

「異形(いぎょう)な姿で遊んでみたいもの」

夕顔は勇壮な振りで踊り始めた。

「なんだ。あの女は」

「男のなりをして舞っているぞ」

見物人たちが夕顔の舞に注目した。

女が男装をするのは奇抜だが、夕顔はいつもにも増して艶(つや)っぽい。

阿国は夕顔の演出の見事さに感心させられた。

舞うにつれて夕顔は少しずつ衣装を乱していった。それは作為なのか、自然に乱れて肌が露出したのか、阿国はわからなかったが、男を誘惑する艶が滲み出ている。

「情欲がそそられるな」

誰かのつぶやきが聞こえた。

――いつか夕顔姉さんのように。

――男の心をとろかしてしまうような舞を身につけたい。

阿国は強く思った。

遊女の好むもの　雑芸　鼓　小端舟　おおがさ翳
艪取女　男の愛祈る百大夫

出雲聖が小唄を歌い始める。

「抱かせろ」

見物人の一人が露骨に叫んだ。

「お前たちは傀儡女なんだろう」

「銭を払う。いくらだ」

揶揄するように他の男たちも声をはりあげている。

夕顔は媚の笑みを浮かべたが、応じる気配もなく舞い続けている。

阿国も我を忘れて舞った。

その時、ふいに幼な子の泣き声が聞こえた。

見ると、三十歳ほどの女に手を繋がれた童女が泣いていた。

阿国は泣いている女の子に気を取られた。

——泣いている。幼い女の子。

突然、いつもの真っ赤な閃光が阿国の身体を覆ったような気がした。

赤々と照らす夕陽、紅蓮の炎、曼珠沙華の花が交錯する。
過去の闇が光を浴びて浮上しかかったが、すぐに消え失せる。
——泣いている女の子は誰？
——父や母は生きているの？　逢いたい。
いつもの重苦しさと不安が募る。
——私は誰？　なぜ付け狙われて、殺されなければならないの？
——『姫』の呼び名。白鷺の痣。二引両の手鏡。赤い幻。泣く幼い子。
いくつかの謎を躍起になって手繰り寄せようとした。
だが、堂々巡りばかりで謎の糸はぷつりと切れてしまう。
——出雲聖さまと石阿弥、そして百太夫はなにかを知っているはず。
——なぜ、話してくれないの？
阿国は混乱しながらも懸命に舞い続けた。
一座の興行が終わると、朝霧と夕顔のそばに男たちが集まってきた。
とりわけ夕顔は大勢に取り囲まれている。
男たちは傀儡の女ゆえに銭で身体を買えるものだと勘違いしているようだ。

阿国はまだ童女と思われたのか、近づく者はいない。

ふっと見ると、風也が野良着姿のむさくるしい男と何事か話していた。

二人は周囲に気を配りつつ川原に向かって歩いていく。

阿国は気になり、感づかれないように距離をおいて後をつけた。

二人は川原の葦の繁みに隠れるように入っていく。

――誰なのかしら？

阿国は不審に思いつつ五間ほど離れた葦の繁みに伏せて潜んだ。

川風に流れて風也と男の声が断片的に聞こえてくる。

「竹、おぬし、このままで善いと思っているのか？」

風也のささやき声が聞こえる。

「致し方ない。今は従うしか手だてがない」

男が応えた。

「この戦、今川が勝つに違いない。さすれば尾張も支配され、三河はますます今川の思いのままになる。だが、万が一にも織田が勝ったら」

「勝つわけがない」

男は即座に言い消した。

「万が一だ。織田が勝てば、おぬしは呪縛から解き放たれる」

「わかっておる。某、どちらが勝つか、この戦、篩にかけること、忘れてはおらぬ」

「どういうことだ？」

男に問いかけた刹那、風也はいきなり振り返った。

「誰だ⁉」

すばやく葦の繁みをかき分け、躍り込んで来た。

「わ、私です……」

阿国は狼狽して立ち上がった。

「阿国か」

風也は阿国の姿を認めると、安堵の表情を浮かべつつ苦笑した。

男も近くに寄り、

「おぬしの舞を見た。愛らしかった。行く末の望みはなんだ？」

いきなり問いかけてきた。

「優れた踊り手になりたいです」

阿国が応えると、

「芸は戦と同じだ。骨身を惜しんだら負ける。ひたすら励め」

それだけを言って男は葦の繁みから去って行った。

「はい」

阿国は男の背に深々と頭を下げた。

「織田と今川を篩にかける？　竹千代、どういう肚(はら)づもりだ？」

風也がぼそりとつぶやくのを阿国は聞き逃さなかった。

夕刻、烏帽子(えぼし)を被り、袍(ぬのこ)を着て番匠(ばんしょう)姿に身を変えた藤吉郎がやって来た。

「オラはこれから銀細工師に身をやつして駿河に向かうだぎゃ」

「駿河に？」

風也の眼が異様に光った。

「ここでは大(てえ)した情報を摑めなかっただにゃ」

藤吉郎は舌打ちして続けた。

「尾張を攻め来る今川の軍勢はな、四万五千だと噂されちょる。だがな、すべてが戦に関わるわけじゃねえ。戦場で戦う侍、その侍の鎧(よろい)や兜(かぶと)や槍(やり)や刀を持つお付きの者、兵糧などの物資を運搬する者などがおるだにゃ。真(まつこと)は、どれほどの戦侍(いくさざむらい)がおるのか、駿河に行って調べたいだぎゃ」

聞いていた石阿弥が言葉を添えた。

「中には急遽、銭で雇われた者もおるに違いない。この春から夏にかけ、駿河、遠江はひどい日照りが続き、作物の収穫がなかったようだ。四万五千の軍勢の中には飢えを凌ぐために加わった者も数多くいるはず」

石阿弥は時として侍のような考えを言う。

阿国は不思議に感じることがしばしばあった。

「そのとおりだなや。この戦、今川軍が勝つと誰もが思っちょる。攻め込んだ尾張で掠奪できると血気盛んに参集する者も大勢おると睨んだぎゃ。そいつらは戦いなど関わりねえ。食料などを奪い取るだけのために参戦する輩たちだにゃ」

「つまるところ義元殿の旗本で戦のできる侍の数がどれほどかを探りたいわけか」

風也が膝を寄せると、

「そうよ。大高城、鳴海城に陣取る今川の侍は三千、四千の数。さらに伊勢の湾から津島、熱田を攻めるべく戦舟に乗った兵も多いと聞く。それらを差し引いたら義元の旗本で戦う侍がどれほどの数になるのか、おのれの眼で確かめたいのだぎゃ」

藤吉郎は顔を紅潮させて応えた。

「俺も一緒に動きたい」

風也が藤吉郎に迫った。

「敵の忍びに感づかれず、三河まで来れたのはおみゃ〜様たちのお蔭だなや。ここまでで充分だ。こんから先は迷惑をかけられんだぎゃ」

藤吉郎は気づかったようだが、

「俺も連れて行ってくれ。俺は行きたいのだ」

風也が食い下がると、藤吉郎はうれしそうにうなずいた。

生駒屋敷での踊りの張行の夜から阿国は風也の心の変化に気づいていた。

それは出雲聖たちも同じだったように思えたが、誰も問いただそうとはしない。

――風也はなにを考えているの？

――生駒屋敷での信長さまへの眼差しといい、なぜ織田側に固執するのか？

阿国は今まで以上に風也の心を覗いて見たいと思った。

――なにかを隠し、なにかを決意し、動こうとしている。

阿国の心にふたたび不安が渦巻く。

「私も駿河の町を見てみたい」

夕顔が進み出た。

「私も！」

阿国も告げた。

風也と行動を共にしたい。それが本意だった。

「女は足手まといになるだけだ」

風也は拒んだが、

「うんにゃ、男だけより怪しまれずにすむ。なにかの役に立つだぎゃ」

藤吉郎が認めてくれた。

「俺はこのまま残って三河の動きを探ってみたい。この戦、おもしろくなるぜ」

百太夫が言うと、

「この地の松平元康殿は今川軍の先鋒を務めると思われるからな」

石阿弥は同調したが、すぐに鋭い眼をして阿国を見た。

「阿国もここに残れ」

「私は行ってみたいのです」

阿国がおずおずと応えると、出雲聖が石阿弥を制した。

「石阿弥、阿国の思いどおりにさせてやるのじゃ」

「しかし……」

「阿国もひとり歩きをせねばならぬ歳になったのじゃぞ」

石阿弥は唇を嚙みしめつつうなずいた。

「わしもしばらくこの三河の地に残ろうぞ」

出雲聖は決めたようだ。

――出雲聖さまは織田方のために動こうとしているかのよう。

阿国は出雲聖の心が読めない。

「藤吉郎殿、風也、夕顔、阿国、無事を祈っておるぞ」

出雲聖は眼を閉じ、両手を合わせた。

「私は……もう一度、小折村に行きたい」

朝霧はか細い声だが、きっぱりと言い切った。

「わがままを言うな」

百太夫がそしると、出雲聖は、

「誰がなにを望もうと思いのままじゃ。朝霧、どうしても小折村に戻りたいなら、それもよし。じゃが、焦るな。しばらくここに逗留(とうりゅう)した後、我らも一緒してやる」

苦笑しながら朝霧をなだめた。

〝必ず戻る〟とつぶやいた朝霧の言葉が阿国の心によみがえる。

――いまだに茂作を思い切れないのか。

阿国は朝霧を哀れんだ。

六

出雲聖の一座は常に行動を共にしていた。

だが、これからは違う。

それぞれが自らの心のおもむくままに動き出そうとしている。

夜半、出雲聖は三河国の鎮守(ちんじゅ)である矢作(やはぎ)神社の杜(もり)に一同を集めた。

月明かりの下、出雲聖を中心に一同は輪になった。

これからは戦の渦中(かちゅう)に飛び込み、死ぬ者がでる。

一座は散り散りになるかもしれない。

出雲聖はそれを憂えたようだ。

風也の強張った顔が一瞬、月光に照らされた。

その時、百太夫が厳か(おごそか)にドーン！　と、太鼓を叩き始めた。

百太夫のもともとの名を知る者はいない。

自らも覚えていないようだ。

百太夫とは摂津の国、西宮(にしのみや)の夷(えびす)社の末社である百太夫社に祀(まつ)られる道祖神(どうそじん)のひとつで、遊女や傀儡師の守り神として尊ばれている。

幼い頃より百太夫と名乗る父に連れられて、歩き巫女たちと一緒に旅をしていたらしい。

十歳の時、父が死んだ。

それ以後、成り行きで数人の巫女たちと旅を続けた。

だが、折りあるごとに幼い身体を弄(もてあそ)ばれ、女というものが嫌になって一行と別れたらしい。

それから半年ほど乞食(こつじき)同然で一人旅をしている際、出雲聖に拾われたという。

常日頃、百太夫が何を考えているのか、阿国にはわからない。

小折村のあばら家で藤吉郎に言った百太夫の言葉がよみがえった。

〝女は穢らわしい獣だ。惚れるなどやめておけ〟

阿国や朝霧や夕顔には優しいが、百太夫はともすると女を嫌う態度を取ることがある。

よほど嫌な思いをしたに違いないと阿国は思った。

百太夫は忌まわしい昔を消し去ろうと、時として激しく太鼓を叩くことがあった。

昔を思い出したいと願う阿国とは逆だ。
今もそうだ。百太夫は過去のすべてを忘れたいかのように無我夢中で撥を振っている。
乱れ打つ太鼓の音が阿国の身体に染み渡ってくる。
阿国は眼を閉じた。
闇の中でたった一人切りになろうとした。
強烈な太鼓の響きに、身体が麻痺（まひ）するかのようだ。
やがて出雲聖は和讃（わさん）を唱（とな）え始めた。低くくぐもった声である。

身を観ずれば水の泡　消えぬるのちは　人ぞなき
命を思へば月のかげ　出で入る息にぞ　とどまらず
人天善処のかたちは　おしめどもみな　とどまらず

〝人の命は水の泡のように儚い。人は強い欲望をもっているが、思うようにならない。人生の無常と苦悩を逃れる道は仏の御教えの他はない〟
漂泊の聖（ひじり）といわれる一遍上人（いっぺんしょうにん）が記したものらしいが、阿国にはよくわからない。

だが、和讃を聞くと、阿国は知らず知らずのうちに引き込まれていく。

「怨霊の祟りを鎮めなければならぬ」

神語りと思える出雲聖の声が朗々と響いた。

「この国には怨霊の呪いが感じられる。この世に恨みを残した祖先の祟りじゃ。多くの村で飢えに苦しみ、餓死する者がおる。戦乱に巻き込まれて非業の死を遂げた者がおる。災厄のみなもとはすべてこれ怨霊のしわざなり。怨霊の怨念を晴らすべく、みなで念仏を唱えるにしくはなく、迷える霊魂を極楽に送り届けるが肝要じゃ。皆の力で災厄を払い去るのじゃ」

出雲聖はいつもの調子で厳かな声を放った。

生駒屋敷ではひょっとこ面を被り剽軽に踊って色恋沙汰の小唄を歌っていたが、今は違う。

神懸かった声で滔々と神の使いのごとく厳かに振る舞っている。

「祟りを消すには怨霊の苦しみや悲しみを知り、それを聞いてやることだ」

地獄鬼畜の苦しみは　いとえども　また受けやすし

出雲聖はふたたび和讃を唱えた。

石阿弥が鋭く笛を吹いた。風也が三味線の撥を激しく叩いた。

「さあ、今宵、ともに踊り狂え」

いよいよ踊り女の出番であると、阿国は眼を見開いた。

阿国は朝霧と夕顔と共に社の前で神の祈りを唱えながら、竹の先を細かく割った簓を擦りあわせて鳴らし、ぐるぐる回って踊りはじめた。

諸国を旅する傀儡の多くは全国で催される祭りの場を探し求めて歩く。

祭りのない時は家々を訪れ、神の宿った呪力で人々に幸運息災を授けて布施を得る。

もともと傀儡族のあいだでは木を削り、人の形にしたものを神霊と見立てて祈禱する信仰があった。樹木草花に霊が宿ると考え、それを打ち振ることで霊魂の発露を喚起しようとした。

傀儡だけではない。人々は樹木草花に神秘な精霊が宿ると信じていた。

阿国たちが扱う簓竹はまるで厄災を掃き清めるかのようにサラサラと鳴った。

しだいに踊りは神懸かりの恍惚境に没入していく。

阿国はまたたくまに恍惚感に酔いしれていった。

跳ねば跳ねよ　踊らば踊れ　春駒の　のりの道をば　知る人ぞ知る
ともに跳ねよ　かくても踊れこころごま　弥陀のみのりと　聞くぞうれしき

出雲聖は鉦や金鼓を叩き、南無阿弥陀仏を唱えた。

出雲聖が錫杖をジャラジャラと鳴らすと、阿国の体内に流れる血が熱く燃えた。忘れた過去の記憶など思い出さなくてもよい。今というこの一瞬を情熱的に踊り狂え。

阿国は陶酔し、体を激しくゆすり、足を大きくはね上げて乱舞した。

打ち鳴らす太鼓と鉦と金鼓が次第に速くなり、念仏はさらに興奮を増し、踊りはさらに狂騒的になっていった。

阿国も朝霧も夕顔も両手を振り回し、足を踏み鳴らし、みなぎる汗を飛び散らせた。

「本能のおもむくままに身を委ねよ。神仏に祈りを捧げよ。無我の境地で踊り狂え」

出雲聖の声に石阿弥も百太夫も風也までが、日々の煩悩を吹き飛ばし、肉体の乱舞に酔い、まるで駒のように激しくとんだり跳ねたりした。

「南無阿弥陀仏、南無阿弥陀仏、南無阿弥陀仏……」

出雲聖は踊りが単なる乱舞ではなく、阿弥陀仏に帰命（きみょう）する行（ぎょう）であると説いた。

これも勧進（かんじん）のため踊り念仏で諸国を回ったと言われる一遍聖人の教えである。

出雲聖一座の乱舞狂騒は明け方まで続いた。

七

翌朝、やって来た藤吉郎を一座は迎え入れた。

出雲聖、石阿弥、百太夫、朝霧は三河に留（とど）まり、藤吉郎、風也、夕顔、阿国が駿河に行くことになった。

「しばらくしたら、わしらは小折村に戻る。そこで逢おうぞ」

出雲聖が告げると朝霧はうれしそうに瞳を輝かせた。

その後、それぞれは互いの無事を祈りながら別れた。

状況は刻一刻と変化を遂げている。

織田と今川の忍びが暗躍し、いつ危険が迫るともわからぬ旅である。

藤吉郎と風也は番匠姿で木槌、鉋（かんな）、小型の鋸（のこぎり）を入れた袋を背負い、阿国と夕顔は男二人と行きずりの縁で同行する風を装いつつ駿河への道を進んだ。

天竜川を渡り、袋井に着いた頃には陽が西に傾いていた。

「今夜は野宿だな」

陽が落ちると、四人は林に入り、太い樫の木の下で野宿の仕度を始めた。

「夕顔、一緒に来るだぎゃ」

藤吉郎が夕顔に桶を渡した。

「私が?」

夕顔が不満な顔をすると、

「女二人を残すわけにはいかんだろう。風也、火をおこす支度をしてくれ」

「心得た」

風也が応えると、

「藤吉郎、二人きりになって、私に悪さしたら許さないから」

夕顔は風也の方を振り返りながら水を汲むために離れていった。

「これからは恐ろしいことの連続だぞ。この前の忍びだけではない。狼も野犬もいる」

枯れ木を集めながら風也に言われ、阿国は少しだけ震えをおぼえたが、

「獣の鳴き声くらいで脅えたりはしないです。怖がらそうとしても無駄よ」

毅然たる態度で言い返すと、風也は黙ったまま笑みを浮かべた。

その笑顔を見て、風也への愛おしさがますます募ってくる。

何を話したらよいのか、阿国は戸惑ったが、ふいに三河の川辺で風也と一緒にいた男の姿がよみがえった。

「風也、葦の川原で逢っていた人は誰なのですか？」

風也は一瞬、間をおいてから応えた。

「松平元康殿だ」

「え？　三河の殿様の？　でも、なぜ野良着姿で町中を？」

「城下の民の暮らしぶりを見て回っているのだ」

「あの人が松平元康さま？　そのような偉い御方を風也はなぜご存じなのです？」

驚いて訊くと、風也は、

「わっははは……冗談だ」

と、声をたてて笑った。

「風也、何を考えているの。今度の戦で何をしようとしているの」

阿国が真顔で問いかけると、風也は黙った。

「一緒に旅を続けているあいだ、あなたは三味線を楽しそうに弾いていた。それなのにこの戦の噂が流れ出した頃から変わってしまった。お願い、話して」

「阿国、お前にはすぐれた才がある。いつかきっと見事な踊り手になる。気遣いはありがたいが、俺に関わるな」

風也にはぐらかされる。

——私の心がわかっていないの？　ううん、知っているくせに……。

恨みがましい眼で見たが、風也は気づかぬ素振りをしている。

「俺にはやらねばならないことがある」

風也の眼が爛々と輝いている。

「死をも厭わないというのね。そんなの嫌！」

阿国はすがりつこうとした。

「阿国、天下一の踊り手になれ。夢に向かって、ひたすら励むのだ」

風也は身をかわして阿国を避けた。

初夏とはいえ、夜気の冷たさが、阿国の身体を締めつける。

——あなたの三味線がなければ、私は天下一の踊り手にはなれません。

つぶやいたが、声にならない。

「風也、いつも素っ気ないのね」

いきなり背後から声がした。

振り向くと、いつ戻ったのか、夕顔が風也を睨んでいる。

「風也、あなたには女の心がわからないの？」

問いかけたが、風也は無言のままだ。

「あなたは女に対して冷たい仕打ちしかできないわけ？　私に対しても……」

夕顔は最後の言葉を強調したが、風也はなおも黙ったままだ。

「応えて、風也！」

夕顔が詰め寄った時、

「おい、勝手に一人で戻るでねえだぎゃ」

水を汲んだ藤吉郎が怒り顔でやってきた。

それで話が途切れた。

夜の森は静かだ。風にざわめく樹々の葉音だけが聞こえる。

風也が火をおこすと、炎がパチパチと弾け、火の粉が蛍のように飛び散った。

第三章　暗黒に吹く旋風

一

阿国たちは掛川、日坂、金谷、藤枝を経て、ようやく駿府に着いた。

永禄三年（一五六〇）五月七日の申の刻（午後四時）である。

今川義元は去る五月一日、全軍に出陣の布令を出し、城下は数多くの兵でごった返していた。

隊列を組み、町中を駆ける侍たちを見て、阿国は立ちすくんだ。

長槍隊、弓隊、さらに鉄炮を抱えて進む侍たちに恐れおののいた。

——この侍たちが尾張を攻めるのね。

足がガクガクと震え、金縛りにあったように身動きできずにいた。

一刻（二時間）後、風也と藤吉郎は城下町を駆け回り、幾つかの情報を得てきた。

今川軍四万五千のうち大高城、鳴海城に合わせて七千、伊勢の湾に展開する兵士は約五千。それゆえ今川本隊の実数は約三万三千ほどだ。

そのうち武将の従者とその奉公人で小者と呼ばれる者たちが一万、食糧などを運ぶ小荷駄隊は八千、尾張で掠奪をするべく参集した無頼の輩が約六千。

差し引くと今川家から禄を得ている実質の戦闘武士の数は九千となる。

それが藤吉郎と風也の調べた結果であった。

「織田家の戦闘武士は三千。そのうち八百ばかりは強者揃いでゃ～。敵の戦闘武士は九千、数には劣るが、この戦、負けると決めつけるには早すぎるだにゃ」

藤吉郎は勝つ手だての胸算用をしているようだ。

今川軍の編制に関しては、すでに織田方の忍びも調べているに違いないと、藤吉郎は新たな情報を得ようと躍起になり、さらに駆け回っていた。

だが、目ぼしい収穫はなかった。

しかし、夕方になり、藤吉郎は喜々として戻って来て、

「今川方は大高城に密書を送るらしいだぎゃ」

と、興奮気味に言った。

夕暮に蜂須賀小六の忍びと落ち合う手筈になっていたが、約束の刻限を過ぎても現れない。案じていると、命からがら駆けつけて来たという。

今川方の者に斬られ、血だらけだったが、息絶える寸前に極秘の報せを持ち帰った。

それは大高城の鵜殿長照に密書を送るらしいというものだった。

鵜殿長照は今川義元の妹婿にあたる。

「密書は朝比奈元長の許から遣わされるだにゃ。使者は朝比奈の子飼いの忍び。剛丸と呼ばれる足の速い男だそうだ。そやつが酉の刻（午後六時）近く、薬売りに化けて館を発つそうでや～」

「酉の刻？　まもなくではないか。襲って奪うか」

風也が声高に言うと、

「んにゃ、使者のそばにゃ仲間の忍びが護衛しとる。斬りあいになればオラたちが不利であ～」

藤吉郎は腕を組んで考え込んだ。

「ならばどうする？」

風也は気色ばんだ。

「だったら私がやる。任せて」

眼を輝かせた夕顔がいきなり藤吉郎の足を踏んだ。

「痛ってててて～！」

藤吉郎が顔をしかめた次の瞬間、夕顔は二本の指に挟んだ懐紙を掲げ見せた。

「そいつは……オラの？」

藤吉郎が懐紙をいぶかしげに見ると、夕顔はニタリと笑った。

「あなたの物よ。今、胸元から抜き取ったの」

藤吉郎ばかりではない、阿国も風也もその見事な指さばきに唖然となった。

「今、藤吉郎は踏まれた足の痛みに気を取られた。その隙に掏ったのよ」

「見事だ」

風也が唸った。

「でも、めざす密書を身体のどこに隠し持っているか、どうやって調べるの？」

阿国が聞くと、夕顔は平然と言ってのけた。

「勘よ。もしも見抜けなかったら阿国、〝掏摸だ〟って叫んで」

「え？」

「掏摸だって声を聞くとね。思わず、隠した所に手を置くものなの。人の悲しい習性ね。それで在り処がわかるってわけ」

阿国は感心した。

半刻後、夕顔は茎のついた枝豆と笊を買い込んできた。

「さあ、阿国、急いで枝豆売りに化けるのよ」


朝比奈家の城は駿河の志太郡にある。城主の朝比奈元長は三十二歳の気鋭の武将であり、今川義元が全軍に出陣の布令を出した五月一日の夕刻、はやくも駿府の城下に軍勢を連れて来ており、出陣の時に備えて待機していた。

阿国たちは朝比奈元長の泊まる宿の表と裏を見張り、その刻を待った。

いつになく藤吉郎の顔が強張っている。

夕闇が迫る前、酉の刻に薬売り姿の男が宿の裏手から現れた。

「出たぞ」

裏を見張っていた風也が小走りに来て告げると、緊張は一気に高まった。

「阿国、すばやく堂々とやるのよ」

路地を走る夕顔を見て、阿国は震えた。

通りには人々が行き交っている。

夕顔はすでに狙う相手に近づき、阿国に合図を送ってきた。

狙う密書は着物の胸元に入っていると夕顔は示した。

阿国は意を決し、枝豆を載せた笊を小わきに抱え、薬売りの前に進み出た。

「豆ゃァ、枝豆ェ、枝豆はいらんかァ」

――下手に動けば斬り殺される。

阿国は枝豆売りを装いながら薬売りの行く手を塞ぐように立った。

「枝豆はいらんですか」

「邪魔だ」

薬売りは近寄った阿国を押し退けた。

阿国がよろけた拍子に笊が傾き、茎つき枝豆が地に落ちた。

「あれ〜っ」

阿国が声をあげると、夕顔は駆け寄り、地に落ちた枝豆を拾い始める。

「あらあら、大丈夫かい？　汚れたら商売物にならないね」

道行く人々が薬売りを非難の眼で見ている。

男はさすがに気が引けたのか、身体を屈して枝豆の一茎を拾う素振りを見せた。

阿国の心の臓が激しく高鳴った。

「私がいけないのです。そのようなご親切はご無用です」

阿国は枝豆の茎を自ら持とうとするかのようにして薬売りの手にわざと触れた。

薬売りは触れられた阿国の手に気を取られたようだ。その一瞬の隙をついて、夕顔は薬売りの胸の懐から折り畳(たた)んだ薄茶色の書状を抜き取った。

早業(はやわざ)だ。

人はいくつかの衝撃を同時に受けると、より強烈なほうに心が向いてしまう。

地にこぼれた枝豆と阿国の触れた手。ほんの一瞬だが、男の注意はそこに集まる。

そのわずかな隙をついた夕顔の抜き取りであった。

阿国は枝豆を載せた笊を抱え、ふたたび、枝豆売りの女に戻る。

一方、夕顔は素知らぬ振りでその場を去った。

風也と藤吉郎が出るまでもなく密書を盗み取ることができた。

ところが薬売りの次のしぐさを見て、阿国は凍りつきそうになった。

男が胸元の懐に手を当てたのだ。

――密書を掏摸取ったことを見抜かれてしまう。

身体が固まった。

だが、奇妙なことが起きた。

薬売りは懐にある折紙の密書を確かめ、安堵の顔を浮かべて立ち去ったのだ。

――夕顔姉さんは確かに密書を盗んだはず。なぜ、残っているの？

阿国は狐につままれた気がした。

「気づかなかったの？　前もって同じような偽の折紙を作っておいたのよ。それを本物とすり替えて入れたの」

笑う夕顔を見て、阿国はぐうの音も出なかった。

密書には『五月十日。今川軍の先遣隊五千が発つ。さらに五月十二日に今川義元本隊が出陣する』とあった。

なによりも貴重だったのは、義元本隊の進軍路が示されていることだった。

「なんて書いてあるの？」

夕顔が覗き込むと、藤吉郎は、

「義元本隊はな、藤枝、掛川、浜松、吉田と進み、十六日に岡崎に到着。ここで軍議を開き、知立を通って今村を経由し、十八日に沓掛に本営を据えるとあるだぎゃ」

と、応えた。

「その後は？」

夕顔が急かすと、藤吉郎はうるさいとばかり眉をしかめ、文を風也に渡した。

「鵜殿長照の守る大高城に入るか、鳴海を経て一挙に清洲になだれ込むか、戦況を見て決めるゆえ、随時、報せを待つように。と書かれている」

風也が応えると、

「こいつは収穫だぎゃ〜」

藤吉郎は小躍りして喜んだ。

「すぐに信長様の許に届けよう」

風也はさっそく密書の写しを作った。

藤吉郎と風也のそれぞれが持ち、別行動で届けることにしたのだ。

街道には多くの今川方の忍びがいる。

途中で襲われてもどちらかが必ず生き残ろうと、誓い合った。

「男と女が組になり、夫婦を装って行きましょう。阿国、あなたは藤吉郎と……私は風也と……決まりよ」

密書が手に入ったのは夕顔の手柄だ。藤吉郎も風也も思わずうなずいた。

風也と夕顔が一緒に行く。

阿国は不満に思って立ちすくんだ。

――二人で旅を続けるうちに風也の心が夕顔姉さんに傾いてしまう。心が乱れた。

だが、すでに肩を並べて行く風也と夕顔を黙って見送るしかなかった。

ふいに寂寥感が走った。

――もしも二組とも敵の忍びに襲われたら……。

――私も藤吉郎さまも死ぬかもしれない。風也も夕顔姉さんも……。

――これが風也を見る最後になるのかもしれない。

阿国の心は凍りついた。

二

夜空には星々がまたたいている。

阿国は鬱蒼（うっそう）と繁（しげ）る森の樹々に包まれていた。

藤吉郎と二人だけで掛川まで来ていた。

「浮かない顔をしてるであ～、オラと一緒では気に食わねえか」

藤吉郎は阿国の気持ちをすでに察している。

「女はな、初めて想いをかけた男を離すまいとするものであ〜。だども、新たな男ができりゃあ変わる。一度、眼を閉じてみや〜れ。開けたら目の前に他の男がおると気づく。んだが、無駄かな。止めれば止めるほど、熱く燃え立つのが恋であ〜」

ニヤニヤと笑う藤吉郎の顔に翳り(かげ)が宿(やど)った。

藤吉郎は阿国に語りながら、自らを揶揄(やゆ)しているかのようだ。信長の側室である吉乃への想いを募(つの)らせているのに違いないと、阿国は感じた。

「あの御方のことを想っているのですね」

藤吉郎の顔がゆがんだ。

「小娘のくせに生意気を言うでねえ。想ったところでどうしようもねえだぎゃ〜。オラみてえな者には手を触れることさえできやしねえ。だがな、あの御方の笑顔を見てるだけで、幸せな気になれる。だからオラはやる。この戦、信長様に勝ってもらうために……命を懸ける」

阿国は藤吉郎に哀れみを感じた。

夜は思考を豊かにさせてくれる。月明かりだけの森にいると、常日頃は忘れがちな汚れた邪念を見つめ直す心になれる。

阿国は夕顔に対する妬(ねた)みを少しだけ忘れることができた。

「阿国、おみゃ〜の座頭はなんでオラに協力するか知ってるだかや？」

藤吉郎がいきなり切り出した。

「おみゃ〜の座頭はな。織田家が滅びると困るだぎゃ」

藤吉郎は含み笑いをしつつ続けた。

「出雲聖一座は津島の豪商たちの庇護を受けておりや〜す」

「津島の商人に？」

阿国は戸惑った。

津島は尾張の海東郡にあり、伊勢湾に向かって開かれた港町だ。牛頭天王社があり、大勢の参詣人の集まる門前町で大いに繁栄している。

——津島の商人と出雲聖さまはどのような関わりがあるの？

阿国は藤吉郎の次の言葉を待った。

「信長様の父君、信秀様の時代よりな、織田家は津島と関わりが深いだぎゃ。家紋の木瓜紋は津島神社の神紋とおなじでぁ〜」

「織田の家紋の話はよいです。出雲聖さまとどのように結びつくのです？」

「黙って聞いてちょ〜。昔、信秀様がな、伊勢神宮の造営料を津島五ヶ村に命じた。

津島の民は自力で払えず、津島神社の借銭でまかなった。度重なる地元からの借銭は膨れ上がり、耐えきれなくなった神主は姿をくらましたなも。んだがな、津島の民はその神主をありがたく思い、今でも慕っておるだぎゃ」

——まさか？

阿国は面食らった。

「その神主が出雲聖さまだと？」

「オラが古老から聞いた話だぎゃ。嘘っ八かどうかは知らん。だけんど出雲聖一座が津島の豪商の庇護を受けていることは確かでぁ〜」

通常、傀儡の女は春をひさいで銭を得る。だが、出雲聖はそれを禁じている。

諸国を渡り歩き、芸だけで暮らせる一座を阿国は不思議に感じていた。

流浪の旅を続ける出雲聖が津島神社を出奔した神主であるならば、津島の人々から庇護を受けることもあり得るかもしれない。

阿国は心の片隅で少しばかり得心した。

「津島は信長様のおかげで繁栄しちょる。もしも織田家が滅び、今川家の支配下になったらどうなる？　出雲聖一座は津島から庇護を受けられなくなりゃ〜す。おみゃ〜の座頭はそんゆえ織田家が勝つのを願っているだぎゃ」

藤吉郎は決めつけるように言ったが、阿国にとって、それはどうでもよいことだった。

出雲聖に従って風の吹くままに諸国を旅できれば幸せだと思った。

その時、月が黒雲に覆われ、闇の中で不気味な声が響き渡った。

「見つけたぞ、豆売り女。死んでもらう！」

阿国の浅い思考が破られた。

刹那、藤吉郎の剣が闇の中で閃いた。

いつ剣を抜いたのか、眼にも止まらぬ速さで、閃光は闇を切り裂いた。

「グエッ!!」

悲鳴が聞こえ、暗緑色の血が噴きあがり、黒装束の男がのけぞった。

阿国は一瞬、奇怪な夢を見たような気がした。しかし、夢ではない。闇で血が暗緑色に見えたのだ。眼の前に赤い血にまみれた男が倒れていた。

「敵ながら見事だ。やはり織田の忍びだな」

低く澱んだ声が新たにした。

藤吉郎は阿国を庇うように身構え、見えない敵を探している。

敵は微動だもせず、どこにいるかわからない。

「俺の斬撃を避けられるかな？」

闇の中で声がした瞬間、背後から襲来の影が走った。

藤吉郎はすばやく振り返り剣を突いた。

敵の身体から血が飛び散ったように見え、阿国は恐怖に震えて近くの樹の幹にしがみついた。直後、新手の男が現れた。

「伏せてちょ〜！」

阿国はあわてて木陰に隠れた。

藤吉郎は敵に突進した。

猿と呼ばれているのは顔が似ているからだけではない。

すばやい動きゆえにそう呼ばれていたのだ。

敵は藤吉郎の突進を避けつつ剣を抜いて逆襲した。

藤吉郎は身体を反転させ、敵の攻撃を避けた。

一瞬、二人が互いを牽制(けんせい)して静止した。

二人の間を風が吹き抜ける。藤吉郎の髪がわずかに流れた。

鋭い刃風の唸りが交錯(こうさく)する中で、阿国は必死に足を踏ん張った。

途端、足を滑らせた。身体が物凄(すご)い力で闇(やみ)の世へ引きずり込まれる気がした。

ザザザーッと、崖の急斜面を滑り落ちていたのだ。

遥か下に谷川が見えた。
阿国は崖に生えた木の幹に懸命にしがみついた。
どこかで獣が吠えている。狼か、野犬の咆哮にちがいない。
〝これからは恐ろしいことの連続だぞ。敵の忍びだけではない。狼も野犬もいる〟
風也の声がよみがえり、身震いした。
獣は阿国が斜面を滑り落ちる姿を見たのだろう。吠え声がだんだんと大きくなる。
少しずつ包囲網を狭めてくるのがわかった。
急斜面の泥岩はツルツルと滑り、幾度か足を取られながらも懸命によじ登る。
獣は獲物を絶対に逃がさない。先回りして阿国の方に走って来るのが見えた。
——どこに逃げようと無駄なの？
夜風に顔を冷たく叩かれつつ阿国はその場で宙ぶらりんになっていた。
その時、頭上に人の影が現れた。
見上げると崖の上に黒装束の男が立っている。
「あぁっ⁉」
なす術もなく阿国は眼を閉じた。
直後、奇妙な叫び声があがり、黒装束の身体が谷底へと落ちていった。

頭上で炎が揺らぎ、松明（たいまつ）を持った藤吉郎が現れた。

松明を振り回すと、火の粉（こ）が散り、逃げ去って行く獣たちが見えた。

「阿国、無事だがや」

「足を少し擦（す）りむいただけです」

阿国が気丈に応えると、

「手に掴（つか）まってちょ～」

藤吉郎が岩壁に手を添えて、阿国の身体を掴んで引き上げてくれた。

「おかしなことが起きや～た」

藤吉郎が小首を傾げながらつぶやいた。

「崖の上にいた敵の男がいきなり谷底に落ちや～た」

「え？　藤吉郎さまが倒したのでは？」

「違う。何者かがいきなり現れて男を斬り倒しただにゃ」

「織田側の忍びなのでしょうか？」

「そげな者ではねえ。おみゃ～の一座の石阿弥つう男に似ておった」

「まさか？」

「いずれにせよ、オラたちは助かったであ～」

阿国と藤吉郎が安堵したのも束の間だった。
いきなり妖気をまとった剣が闇の中で振りおろされたのだ。
「危ない」
阿国は咄嗟に刃扇を開いて投げた。刃扇が闇を突いて飛んで行く。
直後、うめき声がした。闇に蠢く敵の肌を抉ったに違いない。
藤吉郎が剣を突くと、影が走った。
闇の中で剣と剣が弾け、火花が散った。
渦を巻いたように闇は乱れ、二つの人影が交錯した。
阿国は身を硬くしたまま藤吉郎の無事を祈るしかなかった。
「地獄に落ちろ」
幾つもの手裏剣が飛び、人影に命中した。
藤吉郎が着ていた衣の各所に手裏剣が突き刺さっているのが見えた。
――藤吉郎！
阿国は青ざめた。
「ははは……莫迦め、俺たちをみくびる奴は必ず死ぬ！」
闇に浮かんだ黒装束は余裕ある声を洩らしたが、その身体が強張った。

「な、なに？　お前は⁉」

幾本もの手裏剣は朽(く)ちた木の幹に突き刺さっていたのだ。気づかぬほどの速さで、藤吉郎は枯れ木に着物を掛け、変わり身の術を使ったようだ。

黒装束の眼に憤りと焦(あせ)りの色が浮かんだ。

次の瞬間、藤吉郎は木から飛び下り、剣を振った。

「ぐわっ‼」

眉間(みけん)を割られた黒装束はどっと倒れた。

「恐ろしい奴らでや〜た」

「藤吉郎……」

阿国が藤吉郎の左腕に流れる血を布で押さえてやると、

「おみゃ〜が扇で助けてくれねば、いまごろオラは……傷は浅(あせ)え。案ずるな」

藤吉郎は傷の痛みを気にせぬかのように阿国を強く抱きしめてくれた。

「だがな、今の戦いで密書を落としちまっただなも〜」

「え？　見つけなければ」

「無駄だ。最後に残った奴が拾って去っただぎゃ」

「そんな……」

「構わねえ。文面はすべてそらんじておる。折紙の切封(きりふう)は元に戻しておいた。敵はオラが読んだかどうかわからねえだろう。それに風也が写しを持っている」

ひょっとすると藤吉郎はわざと密書を落としたのかもしれないと阿国は思った。

黒雲が千切れ、森の樹々がふたたび月明かりに照らされた。

「オラはこんなに多くを倒してはいねえ。誰かが援護してくれたに違えねえ」

藤吉郎は死んだ敵の男たちを眺めてつぶやいた。

「この忍びもそうだが、侍は上の命令に従って働くしかねえ。どげな危ねえ仕事でも拒めねえし、逃げることもできねえ。哀れなもんだぎゃ」

小さくため息をついた。

——常に死の淵へ果敢に飛び込んでいく侍たち。

阿国は野の花を摘(つ)み、それを捧げて死者を弔(とむら)った。

さらに死を厭(いと)わぬ潔さを藤吉郎に感じ、男の矜持(きょうじ)を知る思いがした。

ふいに風也と夕顔の安否が気になった。

——二人も今川方の者に襲われていないかしら。どうか無事でいて！

阿国は不安を募らせながら夜空を見上げた。

三

永禄三年（一五六〇）五月十日。梅雨に入ったばかりの季節。

ついに今川軍は動いた。

先遣隊五千が駿府を出て、東海道を西進し、五月十二日に藤枝に到着した。

同じ十二日、今川義元は子の氏真を城に残し、駿府を発った。

四十二歳の義元は赤地錦の陣羽織、胸白の具足、八竜を打った五枚兜を頭に頂き、今川家重代の松倉郷の太刀、大左文字の脇差を佩して馬を進ませた。

一方、無頼の輩が集った雑兵たちは行く先々の織田方の村に火を放ち、田畠薙ぎを行い、百姓の食料を強奪し、婦女を犯し、若い男女を人買いに売り飛ばすべく生け捕りするという濫妨狼藉を働いた。


阿国が小折村に戻った時、村人たちは脅え騒いでいた。

今川軍の先遣隊に襲撃された知多郡一帯の惨事はすでに近郷の村々に知れ渡り、ここでも村を守る対策を練るために老若男女が各所に集っていた。

「家財や牛馬が奪われ、家が焼かれ、おらたちは斬り殺される」

「若いもんは男も女も見境なく生け捕りにされて売り飛ばされるだ」

「おらは前に見た。多くの人が奴隷市場で売られていた。奴隷は百文、二百文の値がつけられてな、買い戻すために一貫文の銭を払った者もいたぞ」

「千文だと？　そんな銭はねえだ」

「今川軍が攻めてくる前に食料を山に隠すだ」

「この時期に食料が奪われたら、おらたちは飢え死にする」

村人たちは誰もが脅えている。

阿国は生駒屋敷で出雲聖、石阿弥、百太夫と再会し、互いの無事を喜び合った。

「あなたはずっと出雲聖さまと三河にいたのですか？」

阿国が石阿弥に尋ねると、

「無論のことだ。いずれにせよ無事でよかった」

石阿弥は真顔で言って、阿国から離れた。

――石阿弥があの場にいるわけがない。

阿国は藤吉郎の思い違いだと感じた。

なぜか朝霧の姿は生駒屋敷にはなかった。

小折村に戻った途端、茂作に逢いに行ったようだ。

「藤吉郎はどうした?」

百太夫に訊かれる。

「私を村外れまで送り届けて、すぐに尾張の地へ走りました」

応えながら風也と夕顔の姿を求めたが、まだ戻っていないようだった。

――お二人とも、どうぞご無事でいてください。

阿国は祈りつつ二人が戻るのを待った。


多くの村落にとって五月は厳しい食料難の季節だ。

村人たちは暮らしの知恵で二月から五月のもっとも深刻な端境期のために食料を確保しておく。だが、日照りや旱魃で不作だと、翌年のために備蓄した食料は十二月から一月の間に底をついてしまう。

飢饉の中で春を迎えた村人たちは入り乱れて里近くの山々に殺到し、食草を採ったり、長芋や蕨などの根を掘って食べ、飢えを凌ぐ。

だが、それも尽きると、四月、五月に多くの者が餓死する。餓死を免れた者は春の麦の収穫でなんとか耐え凌ぐ。その麦を敵の雑兵たちに根こそぎ奪われたら生きる望みはなくなる。

寄合所に集まった村人たちは戦々恐々（せんせんきょうきょう）としている。

「今川勢に襲われたら村は全滅するだ。みな死ぬだ」

青ざめる村の女たちを見て、阿国は哀れに思った。

「今川勢の襲来を信長様に護（まも）ってもらうしかねえ」

一人が叫んだ。

「莫迦言うでねえ。こんな世を作ったのは誰だ。腐った公家たちと武将たちだ。侍がおらたちを助けてくれるわけがねえ。しかも信長様は城を護ることで汲々（きゅうきゅう）だ」

別の一人が反発すると、多くの若衆たちはうなずいた。

「汗して働いても豊かにならねえのはなぜだ。侍が税を絞（しぼ）り取るからだ。侍を喰わすためにおらたちは生きてるようなもんだ」

新たな一人が悲痛に訴えた。

「今川様に頼むべえ」

どんぐり眼（まなこ）の男がいきなり叫んだ。茂作と一緒に朝霧や阿国を襲った若者だ。

「こんどばかりは今川様の勝ち戦だ。義元様に村を荒らさねえよう頼むべえ」

「今川に味方するだか？　ここは織田領だぞ」

茂作が言い返すと、どんぐり眼は俯いて黙り込んだ。

「おれらは今川方でも織田方でもない。村を護ってくれる領主であれば誰でもええ。勝つ方に加勢する。おれらは強い者につくだ」

別の一人が茂作に反発した。

「だども、いまさらどうやって今川様に頼むだ？」

その時、ずっと黙り込んで成り行きを見ていた出雲聖が口を開いた。

「今川方から制札を受けるしかないようじゃな」

「制札だと？」

茂作たちはいっせいに出雲聖を見た。

「制札とはな、武将が村に対して〝味方の地〟であると認める確約書のことだ」

出雲聖は続ける。

「わしはな、さまざまな土地を旅し、戦乱に巻き込まれた村を見てきた。戦場の村が戦禍を避けようと、敵軍に多くの米や銭を支払って濫妨狼藉を止めてもらう。そのための禁制となる制札を買い取るのを見た」

出雲聖は錫杖で地に禁制なるものを書いてみせた。

禁制
一、当手軍勢、濫妨、狼藉之事。
一、陣取、放火之事。
一、伐採竹木之事。

「このようにな。軍勢が村で食料を奪ったり、乱暴や強姦や生け捕りをしない。さらに放火や村の木々を切ったりしない。それを請け合ってくれる。もし、違反する者が現れたら、大将が速やかに処罰する。それを請け合う書き付けなのじゃ」

「制札を買えば村は救われるだか？」

「今川家は乱暴や狼藉を働く自軍の兵たちを村から追い払ってくれるだか？」

「いいや、そこまで甘くはない。制札を買えば兵たちが〝濫妨狼藉をはたらかぬように〟と、義元殿が沙汰する。それだけのことじゃ。制札を得ようと得まいと、濫妨狼藉をはたらくものが現れたとき、村は自力で防がなければならぬ」

「そんなんじゃ埒があかねえ」

「じゃが、制札を得れば暴れる今川軍の兵を殺しても咎めを受けぬ。掠奪、放火は戦の常。雑兵の乱暴を排除できるかは、あくまでも村の力しだいじゃ」

「銭はどれほどいるだ？」

「制札を得るには家臣たちに口利き料を払わねばならん。判銭、取次ぎ銭、筆功まで合わせるとたいそうな額になるじゃろう」

「筆功とはなんだ？」

「義元殿の右筆による認め料じゃ。わしの知るかぎりでは、すべてあわせて十三貫七百文の銭を払った村がある」

「なんだと？　銭一万三千七百文だと？」

悲鳴があちこちで起こった。百文で米が三升五合から四升ほど買える。十三貫七百文は、小さな村にとってはあまりにも大きな代償だ。

「そげな割の悪い話はねえ」

「そうだ。そうだ」

村の若衆たちがいっせいに呼応した時、朝霧が人垣を分けて進み出て、

「十四貫など安いものです」

か細い声だが、毅然たる態度で言った。

阿国は朝霧が無事なのを知って安堵した。

朝霧は一人一人の顔を見ながら訴えた。

「あなたたちの父や母が殺されてもよいのですか。子がかどわかされてもよいのですか。嫁や娘が犯されてもよいのですか。乱暴な兵たちは人殺し、作荒らし、放火と無法の限りを尽くします。それを止めるのを銭で買えるなら……」

気の弱い朝霧が必死に訴える。その姿を見て、阿国は驚かされた。

「確かに高い銭を払わねばならん。だが、耐えるしかないと思うぞ」

石阿弥が村人たちを見回した。

「だども、今川方の制札を得たはいいが、万が一にも織田方が勝ったらどうなる。わしらは今川方についた賊（ぞく）として、信長様に仕置きされるに違えねえ」

「黙ってれば、わかりゃしねえぞ」

百太夫が笑った。

「おらは制札などもらうのは反対だ」

痩せぎすの若者が立ち上がった。阿国と朝霧を襲ったもう一人の男だ。

「この傀儡たちの言うことは信用なんねえ。制札を買うと嘘をついて、村の有り金を騙し取るに違（ちげ）えねえだ」

集まった村人たちはいっせいに痩せぎすを見た。

「出雲聖など僧侶なんかじゃねえ。非度僧だ。さっさと立ち退きやがれ」

瘦せぎすが詰め寄ると、出雲聖はたじろぐことなく穏やかな口調で応えた。

「わしらの務めとはなんぞや。世俗と交わることなく山暮らしをし、心静かにひたすら経論を学ぶことにある。わしらが要らなければそれもよし。すぐにでも村を立ち去ろう。但し、使い方ひとつでは、わしらも役にたつものじゃぞ」

出雲聖は鍬や鋤を振り上げた百姓たちの前に立ちはだかった。

「貧しさ、苦しさから逃れるためには神仏にすがるしかない。罪を減じ、善を得るためには善行を積む他に道はない。戦で田畑を荒らされたらふたたび耕す。傷ついた者に逢うたら慈愛の心を持つ。さすれば災いから逃れることができようぞ」

突然、茂作が立ち上がった。

「出雲聖様の言うとおりだ。今、何をなすべきか、俺は決めただ」

茂作は若者達を煽り立てるかのように叫んだ。

「俺たちは団結すべきだ。確かに暮らしは貧しく苦しい。侍たちの戦に巻き込まれるのは道理にあわねえ。だけんど生きてさえいれば楽しいこともある」

一瞬、茂作が朝霧を見た。

「酒を飲み、唄を歌い、汗して働けばお天道様の恵みで稲が実る。愚痴だけを言う奴は臆病者だ。百姓は侍に組み敷かれるしかないと嘆くのは愚かな負け犬の遠吠えだ。百姓に見捨てられたらどうなるかを、侍たちはよく知ってるはずだ」

茂作の言葉に鋤や鍬を下ろす者が出始める。

「俺たちの力で村を護るだ。俺は村長の倅として言う」

威風をしめすように茂作が胸を反らすと、朝霧が大きくうなずいた。

「村を掠奪するもんはゆるさねえ。俺たちは団結して戦うだ」

茂作が腕を突き上げると、若者の多くがわめきだした。

「そうだ。侍が怖くて百姓が務まるか。村をおらたちの手で護ってみせるぞ」

若者たちは沸き立った。

「わしらが気に病むまでもない。村人たちは逞しい」

出雲聖が苦笑いすると、村長が歩み寄った。

「出雲聖様、今川様の制札、頼みますぞ」

村評定では織田家ではなく今川家が勝つと踏んだようだ。

「買うと仰せられるか？」

「今川家より禁制が出れば、雑兵どもは無闇に暴れはしますまい。万が一の時は若い衆が防御致しましょう。出雲聖様、今川家にかけあっていただけますか？」

「心得ました。沓掛村の庄屋で藤左衛門(とうざえもん)という人がおる。その人も今川軍から制札をもらおうとしている。共に義元殿の旗本に行こうではないか」

「ありがたいことです」

「今川軍に手向(たむ)ける酒を用意していただこう。本隊の兵たちに振る舞うのじゃ。米の炊き出しも忘れずにな。制札をもらうべく、粘り強く交渉してみましょうぞ」

「銭は必ず整えましょう」

小折村の長老たちは制札を買うために大量の銭を支払う決意をしたようだ。

貧しい村だが、いざという時のための蓄(たくわ)えはあるらしい。

村の方針は決まったようで、村長が村人たちに次々と指示を与えていった。

私財を山の隠れ砦(とりで)に運び込む者。

いざという時、老人や子供たちが隠れる場所の手配をする者。

戦乱になった時、暴れる雑兵たちを襲うべく山に隠れ籠(こ)もる若き者たち。

炊き出しの食材を整える女や大人衆たち。

差し迫った今川勢の進軍に備え、役割を果たすべく村人それぞれが動き始めた。

四

阿国は出雲聖たちとともに沓掛村に向かった。

今川家から制札をもらう打ち合わせを庄屋の藤左衛門とするためだ。

朝霧は小折村に残りたいと言い張ったが、出雲聖は許さなかった。

——茂作に誑かされてしまったのか。

朝霧の眼を覚ましてあげたいと阿国は思ったが、どうしようもない。

自らは風也と夕顔が戻るのを待ちたかった。

だが、身勝手は許されないと、出雲聖たちと一緒に行くことにした。

石阿弥は先ほどから戦況らしきことを出雲聖に話している。

「阿国の報せのとおり、今川軍の本隊は沓掛に陣を張り、先遣隊の戦い振りを見て大高城か鳴海城のいずれかに進むようです」

「桶狭間道を通るか」

「そう思われます。一方、織田側は今川方の大高城の東に丸根砦、北に鷲津砦、さらに鳴海城の北に丹下砦、北東に善照寺砦、東南に中島の砦を築き、警戒に余念がありません」

「今川義元殿がどの道を選んで進むか、織田側は苦慮するな」

その時、百太夫が荷車を曳きながら声を張り上げた。

「今川義元は公家にかぶれておる。都から来た公卿と和歌や蹴鞠や囲碁、さらに音曲や酒宴で日々を送っているそうだ。公家を真似て額髪を剃らず、歯を黒く染め、薄化粧までして官位ある者を気取っていると聞いた。古今より武士が公家の真似をすれば滅びの道を辿る。それが世の習いだ。今川の世は長くはねえかもしれないぜ」

百太夫は吐き捨てるように言った。

「それは違う」

出雲聖は毅然とした態度で打ち消した。

「公家かぶれが単なる噂か、実事なのか。わざと自堕落を装い、周りへの警戒心を弱めるための策なのか、わしには推し量ることができぬ。だが、和歌や音曲に親しむことで柔弱と決めつけるのは浅はかというもの。都の民の心を知ることが大事じゃ。これからの武将は戦に勝つだけでは世を治められぬ」

石阿弥が続けた。

「今まで数多くの戦で義元殿は戦場にみずから出向き、勇猛果敢に戦っておる。義元殿は己を知っておる。武将としての信義を忘れたわけではない。公家文化の摂取は長年の夢である上洛の野望を成し遂げる際の下準備かもしれぬからな」

石阿弥は義元の公家かぶれをかばうような口調だ。

「入洛した時、無粋な武将は都人に莫迦にされる。義元殿は都人たちに関東の荒くれ者と嘲笑されぬよう風雅を身につけているのだ」

阿国は〝今川義元〟の話を聞いて懐に入れた銅製の手鏡に触れた。

裏には将軍足利家や今川家などしか使えない二引両の紋が刻まれている。

──私は足利家や今川家となにか関わりがあるの？

──いったい私は誰なの？

いつものように問いかけてみたが、無駄だと思って打ち消した。

今、心に宿るのは風也と夕顔の行方だ。

──二人はどこにいるの？

──風也はなにを決意し、企てようとしているの？

不安が渦巻いた。

それにもかかわらず、やはり二引両の手鏡のことが気になってしかたがない。

今川義元を悪く言わない出雲聖と石阿弥のありようも気になった。

――一度、じかに見てみたい。
阿国は懐の手鏡を握りしめつつ今川義元という武将に興味を抱いた。

五

数日後、阿国たちは沓掛に向かう途中の村に入り、農家の庭先で休んでいた。
多くの鶏が庭土を掘り起こして餌をついばんでいる。
阿国たちも乾飯を取り出して食べようとした。
その時、突然、鬨の声があがり、数発の鉄炮音が静寂を破った。
「なにごとだ?」
百太夫が立ち上がった。
阿国は手にした乾飯を思わず落としてしまった。
見ると、おびただしい数の火矢が唸りをあげて飛んできた。
家々の土塀や板戸にぶすぶすと突き刺さり、各所から火の手があがる。
「今川先遣隊の兵と思われる」
石阿弥が声を張り上げた。

「この辺りは今川方の領国になっているはずだ。今川兵が襲うか？」

百太夫がいぶかしがると、出雲聖は応えた。

「そのようなことは無頼の雑兵にとってどうでもよいのじゃ」

その間にも数多くの火矢が放たれ、藁葺きの屋根から炎があがった。

続いて兵士の怒声と、逃げまどう村人たちの叫びが響きわたった。

「朝霧、阿国、裏山へ逃げろ」

石阿弥が叫んだ。

阿国は朝霧とともに裏山をめざして一目散に走り出した。

数多くの鶏がばたばたと跳びながら逃げまどう。

太刀や槍を持った今川軍の雑兵たちは我先にと村へなだれ込み、家々の納戸を蹴破り、家具や調度を手当たり次第に物色していく。

ここ数年の間、大旱魃と長雨が交互に各地を襲っている。

全国で凶作、飢饉、疫病が流行り、多くの民が死に、からくも生き残った者は食うものを求めて集まってくる。飢えた人々は戦闘に参加し、流れ傭兵となり、戦場で村々を襲い、食料を掠奪する。牛や馬、若者から女子供まで売れば銭になるようなものを根こそぎ奪っていく。

阿国は以前聞いた話を思い出した。
戦は雑兵にとって生死を賭した危険な出稼ぎなのだ。
「逆らう奴は容赦しねえ」
雑兵たちは次々と火矢を射った。
あちこちから悲鳴が聞こえ、新たな悲鳴を呼び起こした。
畑の真ん中で仰向けに倒れた中年女がいた。
幾度も殴られたのか、腫れ上がった顔でぼろぼろと涙を流している娘がいた。
麦畑で泣いている赤ん坊。泣きじゃくりながら裸で走る男の子。
村は阿鼻叫喚の坩堝と化し、まさに地獄絵さながらだ。
誰かの足に躓いて倒れる男の子がいた。
杖をついた老人も、赤ん坊を抱いた農婦も、倒れた男の子を気遣う者はいない。
自らが生き延びることで精一杯なのだ。
倒れた男の子に阿国は駆け寄った。だが、背に矢が刺さり、すでに死んでいた。
阿国は男の子を哀しく抱きしめるしかなかった。
「殺すな。生け捕りにしろ。高く売れる」
雑兵たちは逃げまどう女子供を捕獲し、数珠繋ぎに縛り上げていく。

その時、手に手に竹槍を携えた村の若衆の一群が森の方から走ってきた。

村の自警団の若者たちだ。

悲鳴と叫び声が入り混じり、怒声と罵声が至る所で飛び交い、雑兵と若者たちの熾烈な闘いが繰り広げられた。

だが、村の自警団はしょせんは農作業の片手間の訓練しかしていない。

戦場を幾度も駆け巡ってきた雑兵たちには敵わない。

新たに雑兵の一群が押し寄せると、若者たちの隊列は乱れ、次々と倒された。

――むごい。

阿国は悲惨な光景を哀しく見つめた。

燃えさかる藁葺き家の近くの葦の繁みで幼い女の子の転ぶ姿が見えた。

混乱の中で誰も気づかない。

阿国は葦の繁みに向かって走り、女の子を抱きしめた。

七歳ほどのその子は全身を震わせながら阿国にしがみつき、泣きじゃくっている。

燃える家は真っ赤に焼け、火の粉があたり一面に降りそそいでいる。

ふいに葦の繁みすべてが真っ赤に染まったように感じた。

時々、見る奇妙な幻覚のようだった。

「ああっ!」

阿国は叫び声をあげた。

真っ赤な炎の中で泣いている女の子。

それは幼い頃の阿国だった。

心の奥深くに沈み潜(ひそ)んでいた恐怖が一気に弾(はじ)けた。

昔の出来事が大きな波のうねりとなって押し寄せてくる。

——同じだ。私も昔、この子のように混乱の渦の中で泣いていた。

——あの時もこの村と同じように……私の屋敷は襲われて燃えていた。

身体に戦慄(せんりつ)が走り、幼い日の出来事が鮮烈によみがえった。


紅蓮(ぐれん)の炎の中、ざんばら髪を振り乱し、太刀を振り回す武将が浮かび上がった。

衣をずたずたに切られ、股間(こかん)をあらわにしながらも奮戦する侍がいた。

血まみれで剣を振り回す侍がいた。胸から鮮血を噴き出している侍もいた。

目の前で多くの侍たちが戦い、次々と討(う)ち取られていく。

幾度も心によみがえった赤一色の幻(まぼろし)。

それは赤い夕陽でもなく、草原に咲く曼珠沙華(まんじゅしゃげ)の花の群れでもない。

燃え上がる紅蓮の炎と赤い血のおぞましい殺戮（さつりく）の光景だった。

――私の名は白鷺（しらさぎ）。

生まれた時、肌に白い鷺の形に似た痣（あざ）があったことから、白鷺姫と呼ばれ、何不自由なく暮らしていた。

父親は山口彦太郎（やまぐちひこたろう）。鳴海に住む豪族であり、武将だった。

記憶の断片が次々と浮かび上がってくる。

七歳の時、突然、徒党を組んだ無頼の輩たちに屋敷を襲われた。

「父さま……母さま……」

炎に包まれた館（やかた）の廊下を泣きじゃくりながら走った。

その時、着物姿の女に手を握りしめられた。

着物に描かれた蝶の模様（もよう）が眼に焼きついたが、女の顔はわからなかった。

女に抱かれて一昼夜ほど走り続けた。

そして、或（あ）る寺に辿り着いた頃には記憶を失っていた。

その後、境内（けいだい）で出雲聖と出逢い、〝阿国〟と名付けられ、百太夫や石阿弥や朝霧や夕顔と一緒に旅を始めることになったのだ。

阿国は衝撃に身震いした。

――私は山口彦太郎の娘、白鷺。

葦の繁みで泣きじゃくる女の子を抱きしめたまま愕然（がくぜん）となった。

近くの百姓家が轟音（ごうおん）を発しながら焼き崩れていくのが見える。

泥田（どろた）の中で取っ組み合う男たちがいた。

身体中が泥だらけで、どちらが雑兵か村人かわからない。

雑兵たちは奪った牛や馬の背に粟（あわ）や稗（ひえ）を積んで運んでいる。

納屋から荷車を引き出し、家具や農具を載せて走る者、刈り取ったばかりの麦を袋に詰めて背負う者もいた。

逃げまどう農婦の姿が見えた。

木陰で組み伏せられ、両足を持ち上げられている娘。喚（わめ）きながら畦道（あぜみち）を走り、泥田に足を滑（すべ）らせる老人。赤子を奪われて「返してくれ」と、哀願する母親もいた。

村の混乱はなおも続いている。

阿国にはそれがいつまでも終わらぬかのように感じられた。

ざわざわと揺れる葦の中で、阿国は女の子を強く抱きしめているしかなかった。

どれほどの刻（とき）が経ったのだろう。

気づくと、雑兵たちの姿は潮が引くように消えていた。

「助かってよかったね」

女の子を抱いたまま立ち上がると、背後で声がした。

「よくなどねえ」

振り向くと、皺だらけの顔に眼だけをぎらぎらと光らせた老婆が立っていた。

「蓄えた稗や粟も、刈り取った麦も持っていかれた。食うもんはなにもねえ。わしらは死ぬしかねえ」

喉から血を吐き出すような声だった。

この村ではすでに麦の収穫が終わっている。刈り取られた麦は〝はて〟と呼ばれる稲や麦を干す道具に掛けられ、乾燥させて食べる。

だが、すべて持ち去られてしまったのだ。

雑兵の毒牙に掛からず、命をとりとめた者でも明日からの食料を失って飢える。

「この世は地獄じゃ」

すすり泣きが村中に満ちていた。

六

悲惨なありようを目の当たりにした出雲聖は憂えた顔をしていた。

だが、流れ者の傀儡には何もできやしないのだ。

深くため息をつきながら一行は沓掛村に向かった。

庄屋の藤左衛門ばかりでなく村人たちも隣村の惨状を知っていた。

先鋒の雑兵たちでさえ狼藉を働いたのである。本隊が来たら村は壊滅するに違いない。どうあっても今川義元から制札をもらわねばならないと意を共にした。

出雲聖が藤左衛門と策を練っている間、阿国は迷っていた。

だが、今こそ心のわだかまりを解かねばならないと思った。

幾度も逡巡した後、

「お尋ねしたい儀がございます」

一夜の宿りとして与えられた沓掛村の寺に入った時、ついに出雲聖に訊いた。

「私が山口彦太郎の娘、白鷺であるのをご存じなのでしょう」

出雲聖の眼の奥にかすかな翳りの色が浮かんだ。

石阿弥は眉を曇らせている。

――二人とも私のことを知っている。

――なぜ、今まで話してくれなかったの？

阿国はもどかしさを抱いた。

そばにいた百太夫と朝霧はいぶかしげな顔で阿国を見ている。

「七年前、鳴海の外れの寺で蝶模様の着物を身につけた女人からお聞きになっているはずです」

「阿国、思い出したのじゃな」

「はい。私は鳴海の土豪、山口彦太郎の娘、白鷺です。七歳の時、屋敷が賊に襲われましたが、運良く命をとりとめました。どのように聞かされても、うろたえは致しません。出雲聖さま、ご存じのことをすべてお教えください。お願い致します」

出雲聖はしばし黙り込み、石阿弥の顔を見つめていたが、やがて口を開いた。

「実はな。阿国、七年前のあの時、幼いお前の手を引いて走り、わしに逢いに来たのはここにおる石阿弥なのじゃ」

「嘘っ……」

驚いて見ると、百太夫が呆れた顔をした。

「やっぱり気づいていなかったのかい」

石阿弥は苦笑いしている。

「いぶかしく思うであろう。あの時、俺は蝶模様の着物を身につけ、顔に化粧を施して女に化けていたからな」

時折、心に浮かんでは消えた光景が阿国の脳裏によみがえった。

手をやさしく握り、混乱の渦中から救ってくれた女人。逃げる道々で励ましの声をかけながら背負ってくれた女人。その人が七年前、寺の境内で出雲聖や百太夫と一緒に現れた石阿弥だとは夢にも思わなかった。

それから七年の間、石阿弥はずっと身近にいて我が身を護ってくれていたのだ。

今まで一緒に旅をしてきたにもかかわらず、あの時の女人が石阿弥だったとは愚かにも気づかなかった。

阿国は自らの迂闊さを恥じた。

「石阿弥はな、山口彦太郎殿の下で働く忍びであったのじゃ」

出雲聖は付け足した。

「忍び？」

朝霧がぽかんと口を開いた。

百太夫もきょとんとした顔で石阿弥を見ている。

「今こそすべてを話さねばならんようだな」

石阿弥の顔はいつになく厳しい。

「そなたは……白鷺姫は、実は山口彦太郎様の実の子ではない」

石阿弥は一呼吸し、唇を舌で湿（しめ）した後にくぐもった声で言った。

「今川義元殿のお子だ」

「冗談（てんごう）を……」

山口彦太郎が父だと気づいたすぐ後に思いもよらぬ名が告げられ、絶句した。

「おいおい、それはどういうことだ？」

石阿弥を詰（なじ）るような口調で百太夫が訊いた。

「驚くのも無理はない。だが、実事だ」

石阿弥は阿国の顔を見つつ淡々と語り始めた。

「以前、今川家の領国である駿河が関東の雄（ゆう）、北条氏康（ほうじょううじやす）殿に襲われた。今川勢は北条軍の圧倒的な力に苦戦した。この時、甲斐（かい）の武田晴信（たけだはるのぶ）殿が援軍を差し向けてくれた」

武田晴信は永禄二年（一五五九）に出家し、今は信玄（しんげん）と名乗っている。

なぜこのような話を石阿弥がするのか、阿国は戸惑った。

「やがて武田家の調停で今川、北条の和睦が成立し、北条軍は駿河より撤退した。この時、義元殿は大いに喜び、戦で傷ついた兵たちをねぎらうために近郷の村人たちを集め、踊りの張行を催した」

天文十四年（一五四五）のことだと石阿弥は言った。

百太夫も朝霧も身を乗り出している。

「その張行に白拍子が迎えられた。そのひとりに姿美しく舞の見事な者がいた。義元殿はその白拍子をたいそう気に入られ、契りを結ばれた。殿は二十七歳の男盛りであった。契りは一夜でおさまらなかった。殿はその白拍子を寵愛なされ、密かに別邸に囲ったのだ」

阿国の胸は早鐘を打つように鼓動した。

石阿弥は一息ついて続けた。

「祇徳と呼ばれるその白拍子はやがて身籠り、翌年にややこを産んだ。胸元に鷺のような白い痣があったことから白鷺と名付けられた。それがそなただ」

「ほんとうかよ⁉」

百太夫が頓狂な声で叫んだ。

阿国は胸元の痣に手を触れた。

――嘘だ。嘘だ。嘘だ。

そんな戯れ言や作り話などを認めたくなかった。

しかし、幼い頃から身につけていた手鏡の裏に刻まれた二引両は、将軍足利家の一族である今川家も使う紋だ。

「義元殿の正室である甲斐の御方は妬みぶかいお方でな」

「甲斐の御方？」

ごくりと唾を呑み込んで阿国は尋ねた。

「甲斐の武田家より嫁いだので、そう呼ばれたのだ」

義元は十八歳で今川家を継ぎ、十九歳で武田家の娘を娶った。

武田家と同盟を結ぶための婚姻だった。

その後、嫡男の五郎が誕生した。今の氏真である。

通常、戦国大名の家に生まれた長男は家督を継ぎ、次男、三男は寺に預けられ、法師となることが多い。後に家督争いが生じないようにという配慮であり、次男、三男が現世に未練を残さぬためである。

一方、女子は大切に育てられる。

成長した後に隣国の大名へ嫁がせ、同盟を結ぶ橋渡しにするためだ。

石阿弥は阿国の眼を真っ直ぐに見て言った。

「甲斐の御方はそなたの母御である祇徳をひどく憎んだ。白拍子だからだ。さらに生まれた白鷺姫にまで憎しみは及んだ。甲斐の御方ばかりではない。義元殿の母御である寿桂尼殿も不快に思われた」

「寿桂尼殿……」

阿国は思わず声をあげた。

寿桂尼は義元の実母だ。

義元の父である氏親の許に嫁ぎ、氏親亡き後も政務をつかさどり、今川家を支えてきたすぐれた女人だ。

寿桂尼の父親は権大納言の中御門宣胤、母親は甘露寺親長の娘である。

「公卿の娘である寿桂尼殿はな、子の義元殿が下賤な白拍子と契りを結ぶなど許せなかった。そればかりか、その女が身籠ったと知って憤ったのだ。白拍子は誰にでも色を売ると。いや、阿国、そなたの母がそうであったわけではないぞ」

石阿弥が気を遣ってくれた。

「寿桂尼殿は祇徳の懐妊を知り〝義元殿の真の子かどうかはわからぬ〟と、言い張った。だが、義元殿は我が子であると認めたのだ」

「母は……母はどうなったのですか？」

「わからぬ。寿桂尼殿や甲斐の御方の誹(そし)りを受け、漂泊(ひょうはく)の旅に出たようだ。幼き姫は義元殿が護ってくれる。自らが去れば姫は幸せに暮らせるに違いないと思ったのだろう。行方知れずになったとも、死んだとも噂され、後の消息(しょうそく)は不明だ」

阿国は母を哀れに思った。

同じ女であるにもかかわらず、下層の民として差別を受けるなど理不尽だ。憤りを覚えた。

「女は正室と側室という立場の違いで、子の扱われ方が異なる。ましてや、高貴な生まれの子と卑賤(ひせん)な生まれの子では処遇に大いなる差がつく」

出雲聖はため息をついた。

現に寿桂尼は今川家の当主である長男の氏輝(うじてる)が病(やまい)で死んだ後、本来は次男の彦五郎(ひこごろう)が継ぐべきところを正室である自らの腹を痛めた三男の義元を当主に据えている。

出家していた義元をわざわざ寺から呼び戻したのだ。

家老たちも〝器量骨柄(きりょうこつがら)もよしとて〟と、正室の子の義元を担(かつ)いだ。

――これからどうなってしまうの？

阿国の心は激しく揺らいだ。

七

百太夫は鼻白(はなじら)んで、

「いくら白拍子の子だとて、そこまで邪険に扱うとはな。許せねえ」

吐き捨てるように言って肩をすくめた。

「それゆえ寿桂尼殿はな、今川家に属する鳴海の土豪に赤子を預け、養育させるよう謀(はか)ったのだ」

「その土豪が父の山口彦太郎なのですね？」

阿国は震えた。

〝海道一の弓取り〟と言われた今川義元が父であり、自分を捨て、母を捨てたとは信じたくなかった。

「鳴海城は今川方と織田方の双方に接した一触即発(いっしょくそくはつ)の危険な境だった。その戦線の近くに白鷺姫を送ったのは寿桂尼殿の成せるわざであろう。戦が起こり、混乱に乗じて白鷺姫が死んでくれればさいわいである。そう考えたと思われる」

「ひどい……」

朝霧はさきほどから青ざめている。

——山口の父や母は私を実の娘として可愛がってくれた。

これより先は聞きたくないと思い、阿国は両手で耳を覆った。

「阿国、ここに及んでひるむでない。すべてを知るべきだ」

石阿弥はなおも続ける。

「その後、甲斐の御方と寿桂尼殿は刺客(しかく)を送り、何度も白鷺姫の暗殺を試みた」

出雲聖が継いだ。

「じゃが、ことごとく失敗した。それがなぜだかわかるか、阿国？」

阿国にわかるはずがない。

「義元殿のはからいでな、白鷺姫はつねに護られた。その警護人の一人が石阿弥なのじゃ」

石阿弥はうなずいて、

「義元殿はそなたの身を案じておられたのだぞ」

義元を恨んではならぬという表情をして言った。

「幾度も刺客が送られたにもかかわらず、白鷺姫は護られ、健(すこ)やかに育った。その間の甲斐の御方のいらだちは相当なものであったと聞く。白拍子の娘を義元殿が気づかっておられる。そのことが甲斐の御方の心を乱し、怨念となった」

——怨念？

阿国は心の中で言の葉を反芻した。

「その後、天文二十年、甲斐の御方は病の床に伏した。瀕死の枕辺で〝白鷺を亡き者に！〟と、幾度もうわごとを発したらしい。今川家には夢楽斎という祈禱師がいた。夢楽斎は甲斐の御方を安らかにあの世へ送るため〝必ずや白鷺姫を呪い殺します〟。そう誓って呪詛を続けた。だが、白鷺姫に異変は起きない。甲斐の御方は心乱れたままで息絶えた。死に顔は嫉妬に狂う夜叉のようであったと噂されておる」

京の都で観た『葵上』という能の一場面が浮かび上がった。

六条御息所の怨霊は恋敵の葵上を責め苛んでいた。御息所の怨霊は瞬く間に鬼の姿に変化した。哀しみを秘めた女から恐ろしき鬼女に変わったのだ。

〝あれは女の怨念の凄まじさを表しているのじゃ〟

出雲聖の声がよみがえる。

——女の嫉妬はそれほどまでに激しい憎しみを心に宿すのか？

阿国は得心できない。

一方で甲斐の御方を哀れんだ。

他の女が産んだ子を消し去りたいと思う浅はかな心は許せないが、それほど強く夫の義元を慕っていたのだろう。

そう思うと憎しみよりも、むしろ、女の悲しい性（さが）を感じた。

「その後、しばらくの間、山口家は平穏だった。夢楽斎の呪詛も効き目がなく、まがい者の祈禱師の汚名（おめい）をきせられて何者かに殺されてしまった」

「占いで人が死ぬもんか。夢楽斎もみじめだな。殺されるとは気の毒な奴だ」

百太夫が吐き捨てた。

「その後しばらく、白鷺姫にとってもっとも楽しい日々であったはずだ。我ら護衛の者も、これで刺客が送り込まれることはないだろうと安堵した。ところが事態は急変した」

石阿弥は当時のありようを訥々（とつとつ）と次のように語った。

天文二十年（一五五一）三月、信長の父である信秀が流行病（はやりやまい）にかかって没した。

これを機に義元はふたたび尾張侵攻を企てた。

だが、甲斐の御方の死によって武田家との同盟関係は薄れていた。

これまでより強い絆（きずな）を結ぶ必要があった。

さいわい武田家には信玄の嫡男の義信がいた。そこで白羽の矢がたったのが義元の娘である。今川家では姫を武田家に嫁がせようと動き始めた。

一呼吸を置いて石阿弥は続けた。

「その際、どこから聞き及んだのか、白鷺姫の出生の秘密が城内でささやかれ、人々の噂となったのだ。白拍子に産ませた子の噂が武田領に及ぶのは避けねばならない。寿桂尼殿は白鷺姫を闇に葬ろうと、ふたたび鳴海に刺客を放ったのだ」

「それで阿国が……白鷺姫が七歳の時に襲われたのね」

朝霧の瞳に涙が滲んでいる。

「そのとおりだ。忘れもしない天文二十一年、九月二十五日の夜明け前、突然、無頼の輩たちが館に攻め入ってきたのだ」

「父や母はどうなったのでしょうか？」

阿国の問いかけに石阿弥は何も応えずに眼を伏せた。

「無慈悲な……」

阿国は父母の死を悟り、唇を嚙みしめた。

——私のために……私を預かったばかりに父や母や多くの人々が……。

忌まわしい出来事を引き起こすもとになった自らの出生が恨めしい。

阿国の脳裏に父母との楽しかった想い出がよみがえった。

春の野辺(のべ)で母と土筆や山菜を摘んだ。

父と庭で終日、剣術の稽古(けいこ)をした。

親子三人で裏山の桜を見ながら歌を詠(よ)んだ。

山口家の下働きの者を含め、家族総出で紅葉(もみじ)狩りをし、夢中になって走り回り、崖(がけ)から滑り落ちかかった時、手を摑んで助けてくれた父の腕は力強く温かかった。

数々の想い出は尽きない。

「それから二月(ふたつき)後の十一月二十八日、今川家の姫は信玄殿の嫡男、義信殿に嫁ぎ、今川家と武田家の同盟は成立し、より一層の絆が結ばれた」

石阿弥の言葉が阿国の耳にむなしく響く。

育ての親である山口彦太郎の屋敷は灰塵(かいじん)に帰(き)し、山口家は滅亡した。

また彦太郎の縁戚(えんせき)筋にあたり鳴海城主であった山口左馬助(さまのすけ)・九郎二郎(くろうじろう)父子も織田家に通じていると疑われて翌年、義元に殺された。

今、鳴海は岡部元信(おかべもとのぶ)という武将が城主になっている。

「でしたらなぜ、今頃になって私をふたたび襲わねばならないのです？」

阿国は哀しく問うた。

「寿桂尼殿はなにごとも堅固に成さねば気のすまぬ性分らしい。義元殿が尾張を平定し、京に上るに際し、昔の穢れを消し去りたいと考えたのであろう。それで白鷺姫を殺すべく各地に刺客を放ったと思われる」

「なぜ、そう言えるのです」

朝霧が膝を進めて訊くと、出雲聖が応えた。

「灰取街道に現れた忍びたちはな、わしらを織田方の忍びと勘違いして襲ったのではない。狙いは阿国じゃった。当初、わしらはそれに気づかなんだ。だが、生駒の村で阿国がふたたび襲われ、胡銀と名乗る忍びが、白鷺の痣や手鏡のことを知っていたと聞き、いぶかしく思った。それで石阿弥に探りを入れさせた。するとな。お前を襲った胡銀は義元殿本隊のある池鯉鮒ではなく、駿府の尼御台殿、すなわち寿桂尼殿の館に走ったのじゃ。つまるところ、阿国の暗殺を命じたのは寿桂尼殿であり、義元殿は知らぬことと思われる」

「なぜ、それほどまでに阿国を？」

朝霧が哀れむように阿国を見ると、出雲聖は唇をゆがめた。

「不浄を嫌う寿桂尼殿ならではのこだわりじゃ。下賤な血で高貴な今川家を穢されたくない。嫌なものは嫌だ。寿桂尼殿の心の奥底に鬼がひそんだのであろう」

寿桂尼が生きているかぎり阿国が永遠に付け狙われることは確かなようだ。

「女の嫉妬と妄執は恐ろしきもんだぜ」

百太夫が鼻を鳴らした。

――私もこれほどの妬みを持つのだろうか？

――風也に言い寄る夕顔に激しい嫉妬を抱くのだろうか？

――鬼の心が芽生える時が来るのではないか？

阿国は自らの心の行く先がわからずに震えおののいた。

「義元殿はそなたに家紋の入った手鏡を授けた。その意を汲むのだ。阿国、今まで隠していたわけがわかるか。人を恨む心を持たせたくなかったのだ」

石阿弥の言葉に阿国は応えられない。恨むなと言われても無理なことだ。

「石阿弥、それは甘いぜ。女たちの悪行を知りながら黙って見逃していた義元こそ悪の権化じゃねえか。庇うことなんてまったくねえぞ」

百太夫は食ってかからんばかりに吠えた。

――多くの人々を巻き添えに死なせてしまった故は私にある。

阿国の心にやり場のないむなしさが襲ってくる。

――許せない。

産みの母を見捨て、育ての父や母を殺し、さらに多くの人々を巻き添えに死なせてしまった今川家に対する憎しみが湧き上がった。

「できるならなにも知らぬうちに義元殿に逢わせたかった。義元殿が阿国を見てどのように処するか。それで、これから先の阿国の生き方を決めたいと思っていた」

石阿弥はぼそりと言って口を閉じた。

――思い出さなかったほうがよかった。そうすれば嫌なことを知らずにすんだ。

阿国は自らの宿世(すくせ)を呪った。

第四章　御堂の秘めごと

一

沓掛村の藤左衛門と細かな打ち合わせをした出雲聖とともに、阿国たちは小折村に戻ってきた。

出雲聖が小折村の村長たちと制札をもらうべき手だてを話し合っている間、阿国は風也と夕顔を探し求めた。

だが、二人の姿はない。

――どうかご無事で……。

不安を募らせていた時、

「風也と夕顔が戻ってきたみたい」

夕刻に朝霧が教えてくれた。

「御堂近くでね。姿を見たって茂作さんが」

――朝霧姉さんはまだ茂作と関わりを持っている。

いずれ捨てられるのではと憐れに思ったが、阿国は何も言えない。

――一刻もはやく風也に逢いたい。

阿国は村外れの御堂に向かって走った。

西の空は美しい夕焼けだ。

すでに刈り入れの終わった麦畑の畦道を抜け、丸太橋を渡り、杉並木の続くだらだら坂を駆け上って御堂のある森に辿り着いた。

風が汗ばんだ肌に心地よい。

道端に十数体の石仏が並んでいる。羅漢像だった。

稚拙な彫りの石仏は風雨にさらされ、緑の苔に覆われている。

陽に照らされた石仏の顔は悟りを開けず苦悩しているようにも、哀しみを秘めて泣いているようにも、喜びを噛みしめて笑っているようにも思えた。

阿国は羅漢像を横目で見やりつつ、弾む心で風也の姿を探した。

その時、風のささやきかと思われるほどの小さな声がどこからか聞こえてきた。

「夕顔、お前はどのような暮らしをしてきたのだ？」

風也の声だ。

「幼い頃、母や多くの女たちと旅を続けていたの」

圧し殺したような夕顔の声が御堂から聞こえ、阿国はびくりとして振り返った。

——風也と夕顔姉さんが中にいる。

心の臓が烈しく高鳴る。

御堂の中は薄暗く、板戸の節穴から射した夕陽が二人を微かに照らしている。

「私の母は歩き巫女よ。婆さまもそうだった。婆さまはもとを辿れば由緒あるお寺の尼だったけれど、私には関わりない」

長きに亘る戦乱で寺社権門は没落し、庇護のもとにあった尼や巫女は禄を失って零落した。比丘尼や巫女が私娼となったのは混乱した世の情勢と無関係ではない。

「母が死んだのは私が五つの時でね。そのあと出雲聖さまに拾われたの。私は母のようにはなりたくなかった。好きでもない男に抱かれるのは嫌だもの。芸を磨く日々を送りたいと思った。さいわい出雲聖さまは銭を稼ぐために身を売るのを禁じた。だから私はまだ綺麗な身体なのよ」

夕顔は懐から麻の袋を取り出した。

「あなたにあげる」

麻の袋からざらざらと小粒の銀がこぼれ落ちた。

「自分で貯めたのよ。役に立てて。志を遂げるために使って」

にじり寄ったが、風也が身をひいたので、夕顔は哀しく眼を伏せた。

「阿国を想っているの？」

「まだ十四歳だ。童女と同じようなものだ」

「私は十八、もう大人よ。いまは私だけを」

夕顔はしがみつき、両腕を風也の身体に巻きつける。

阿国は戸惑った。

——私にも同じような真似が？　できやしない。

大胆な夕顔をうらやましく思い、自らの弱さを恥じた。

やがて夕顔は物思いに耽るかのように語り始めた。

「夜明け前にね。暗い森の奥に入って樹々に浸っているのが好き。闇の世で私はたった一人。まるで異界に入ったような気がするの」

夕顔は胸のうちにある悲しみを滲ませるかのようにつぶやき、風也の身体に胸を押しつけた。

「異界？」

風也はされるがままに夕顔を見ている。

「黄泉の国よ。それは極楽。いいえ、地獄かもしれない」

「らしくないな」

「え？」

「いつもの夕顔と違う気がする」

風也に指摘され、夕顔は一瞬、黙ってはにかんだように顔を伏せた。

だが、すぐにきっぱりと言い放った。

「私だって心に秘めたことを人に話したい時があるものよ」

夕顔の指が風也の首筋から胸を辿っていく。

風也は拒もうとしない。

阿国は木漏れ日の降りそそぐ御堂の縁で息をひそめるしかなかった。

「ねえ、私の思いを聞いて！」

少しばかり声を尖らせた後、夕顔はしんみりと続けた。

「夜の闇に浸りながら私は草鞋を脱いで裸足で歩く。大地の冷たさが足の裏から伝わって、身体のすべてに染みわたる。眼を閉じるとね、身体がずぶずぶと地の底にのめり込んでいく気がするの。私はこの世でたった独りきりとなる」

夕顔の声は潤んでいた。

ともすると心の昂ぶりをありのままに表す夕顔だが、この時ばかりは違った。

——風也の前では清らかで穢れのない心に……？

人の胸のうちにある哀しみは測りがたい。

阿国は夕顔の新たな心のありようを垣間見る気がした。

夕顔の手に力が込められ、微かに風也の顔がゆがんだ。

小さな節穴に光が雫のように溜まっている。

夕顔の手が何をしているのか、節穴からは風也の下半身は見えない。

「着物を脱ぎ捨てて草むらに寝そべるとね。人の世の煩わしさ、苦しみ、淋しさから解き放たれる。その時、私は思う。生きているって」

夕顔は腰紐を解き、着物をするりと脱いだ。

真っ白な肌があらわになる。一糸まとわぬ夕顔の身体は華奢だった。

小さな肩と細い腰、陽光に照らされた白い乳房には幼ささえ残っている。

夕顔の裸を阿国は今までに幾度となく見ていた。

自分に比べると、肩も胸も尻も肉付きがよくまろみを帯びていた。

はやく夕顔のように大人の匂いを漂わせたいと、いつも思っていた。

しかし、今、御堂にいる夕顔は思いの外、幼く感じられた。

夕顔は恥じらう素振りを見せつつ風也に接している。

巧みな演技なのか、素直な振る舞いなのか、阿国にはわからない。

夕顔は折り重なるように倒れ込み、自らの乳房を風也の胸の上に乗せた。

「私はあてもない雲の流れのように漂って生きてきた。土や草やざらざらとした小石を全身に感じている時だけが、本当に生きていると思えるの」

夕顔の乳房が風也の胸に吸い込まれるようにして潰れた。

「闇に埋もれたまま身じろぎしないでいるとね。やがて夜が明けてくる。樹々が緑色に染まり、神々が天から舞い降りてきたような清冽な森に変わっていく。朝の光を浴びながら私はゆっくりと起き上がる。そして、深く息を吸って舞い始める。私だって生きている。そんなしるしを森に刻みつけながら舞うの」

夕顔はすぼめた唇で風也の口に触れ、熱い吐息をついた。

「いつか一緒に夜明け前の森に入ってみない？」

「生きて帰れたらな」

阿国は混乱した。

風也の言った〝生きて帰れたら〟の言葉の真意がわからない。

「死ぬなどと言っては駄目」

夕顔はからかうように微笑し、淡い薄桃色の舌を風也の口の中に入れた。

風也はそれを吸い込んだ。

「私は旅を続けるうちに多くの人と知り合った。私って気性が激しいでしょ？　だからみんなに嫌われる。でも、風也は違う。心から私を知ろうとしてくれた人だから」

阿国は身体の芯が凍りついたように、その場にくずおれた。

近くの羅漢像が涕いているように感じられ、涙があふれた。

——風也はいつも慈しみに満ちた眼差しで私を見てくれた。

——私が見つめ返した時のやさしい瞳の輝きは偽りではなかったはず。

——それなのになぜ、夕顔姉さんを……。

風也が折りに触れて漂わせた心の奥の昏さや孤独な影。

それが黒いつむじ風となって身体から湧きあがったかに思えた。

——私ではむなしさを埋めてあげることができないの？

——男と女が愛し合うとは、互いの哀しみを消し、安らぎを得ることなのか。

阿国はのろのろと立ち上がったが、足がもつれてよろけそうになった。

音を立ててはいけないと気を奮(ふる)い、その場を離れて走り出した。

冷たい風が頬をよぎっていく。

——夕顔姉さんの一途(いちず)な想いを知り、やさしい風也は受け入れた。

心の臓が痺(しび)れた。

嫉妬(しっと)という醜(みにく)い鬼が阿国の身体の奥深くから現れては消え、また現れた。

鬼は暴れ回り、心を激しくかき乱す。

——風也は大人……夕顔姉さんも大人……私は幼い……だからなんだ。

哀しく笑った。

気が滅入(めい)った時、阿国はいつも踊った。うれしいにつけ悲しいにつけ、踊ることで憂(う)さを晴らし、おのれの弱さと闘い、踊るうちに煩悩(ぼんのう)が消えた。そして乱れた心を整え、新たな望みを呼び起こす。それが今までのやり方だった。

だが、今度ばかりは違った。踊る気になれなかった。

杉並木の道を駆け下りて笹藪(ささやぶ)に飛び込み、わっと叫んで倒れ伏した。

出逢ってから今まで、風也への恋心をずっと胸に秘めての旅だった。

凍(い)てつく冬の荒海を眺め、寒風を避けながら風也に寄り添ったことがある。

春の山路で馬酔木(あしび)の花を手折(たお)って、髪飾りだとはしゃいだ時、花が大きすぎると笑われたこともあった。

草むらに寝ころんで夏の空を眺め、浮かぶ雲がどのような形に見えるかを語り合ったこともある。

海山の　道に心を　尽くし果て　鳴海の夏に　涙流れし

大人の女の仲間入りをしたら想いを告げ、いつの日か、抱かれたいと願っていた。灰取街道で女のめざめを知り、夢の叶う時が来たと思った。

それが今、儚(はかな)く崩れ去ろうとしている。

阿国は笹藪に身を沈め、有らんかぎりに泣いた。

二

風が強くなり、笹の葉が激しく揺らいでいる。

「悲しいか、阿国……恨めしいか、阿国……」

突如、ざわざわと鳴る葉音を突き破るような鋭い声がした。

「阿国、いや、白鷺、お前は妬みや憎しみを知ったようだね」

振り向くと笹薮の向こうに女が立っていた。夕陽を浴びた胡銀だった。

思わずぎょっと身をひいた。

御堂での覗き見をずっと監視されていたのかと思うと、恥ずかしさとともに気味の悪さを感じた。

胡銀は攻撃しようと身構え、冷酷な眼で睨んでいる。

薄ら笑いを湛える顔はまるで魂が抜けた泥人形のようだ。

「生きているのが悲しいか」

胡銀は両手を広げ、金粉を撒き散らした。

毒を含んだ無数の金粉が風に乗って流れてくる。

「お前が死ねば、多くの人々が成仏できる」

毒蛾のように飛び交う金粉に身体が包み込まれる。

――毒を浴び、このまま死んでもいい。風也を失った今、生きていても……。

阿国は惚けたまま飛び交う金粉を受け入れていた。

「死ね。妬みや憎しみに心を病みながら死んでゆけ！」

胡銀は手にした刃渡り一尺ほどの手鎌を振り下ろした。

手鎌の先は鋼(はがね)をも貫(つらぬ)くほどに鋭く尖っている。

ふいに風也の姿が心に浮かんだ。

——もう一度、風也に逢いたい。

阿国は我知らず横に跳んで手鎌の斬撃(ざんげき)を避けていた。

生への執着がまだ残っているのかと、自分でも驚いた。

——死ぬわけにはいかない。

阿国は刃扇(やいばおうぎ)を拡げて打ち振りながら金粉を散らしつつ地を蹴って跳んだ。

——胡銀は風上にいる。場を変えなければ……。

飛翔するやいなや無我夢中で胡銀に向けて刃扇を放った。

刃扇は空(くう)を飛び、扇の天に施された鋭い刃が胡銀の右手の皮膚を切り裂(さ)いた。

あっと、胡銀がたじろいだ。

その間に阿国はすばやく移動し、飛び戻った刃扇を手に納めた。

金粉の渦(うず)を駆け抜ける。

「お前をじっくりと狩ってやる。ほっほほほほ……」

胡銀は狩りをする獰猛(どうもう)な犬に化したかのように吠えた。

阿国は風上に向かって懸命に走った。

なおも金粉を振りまかれ、苦しさから何度か草むらに両膝をつきそうになった。

「無駄だ！　白鷺、私の力で封じ込めてやる‼」

ふたたび、周囲に金粉が渦巻く。

「ウウッ⁉」

金縛りにあったごとく阿国はその場にうずくまった。

懸命に立ち上がろうとしたが、身体が痺れて身動きできない。

「終わりだな。これまでだ」

胡銀は勝ち誇ったように叫んだ。

「なぜ私を狙うのです？　甲斐の御方の恨みのためですか？　寿桂尼さまに命ぜられたからですか？　それとも今川家の名誉を守るためですか？」

もがきながら尋ねると、

「私は……呪術師夢楽斎の娘、胡銀だ」

荒れる風に胡銀の髪が乱れた。

「夢楽斎⁉　甲斐の御方が亡くなる時、私を呪詛して殺すと誓った祈禱師の？」

「お前が生きていたために父は辱めを受けて死んだ。お前さえ死んでいれば、父は……あのような非業な最期を遂げずにすんだ」

胡銀の髪が怨念(おんねん)の炎を噴き出すかのように逆立った。

「それにお前は私の可愛い魂を死なせた」

「魂……？」

「蟬丸は私の分身。忠実な僕(しもべ)だった」

胡銀のこめかみに青筋が激しく波打っている。

「私の愛すべき魂を消し去ったお前を殺す」

胡銀はやはり蟬丸の死を憂(うれ)えていたのだと悟(さと)った。

「愛すべき？」

ならば忍びの掟(おきて)などにこだわらず、女の愛を貫くべきだと思った。

「あなたの愛はまことの愛と言えるのでしょうか？」

「なに？」

「あなたは瀕死の蟬丸を捨てて去りました。本当に愛していたのなら、そのようなことはできないはずです」

「黙れ！」

金色(こんじき)の紛が激しく乱舞する。

幻覚に惑わされ、阿国は意識を失いかけた。

だが、刃扇をしっかり握りしめ、必死の思いで反駁(はんばく)した。

「あなたがどのような悲しさを心に秘めているかは知りません。でも、憎しみは新たな憎しみを生むだけです」

「小娘が！　なにもわからぬくせに」

胡銀の眼がつりあがった。

「女はな、男とギリギリの愛の極(きわ)みで生きるものだ。甘い遊びとはわけが違う」

人の妬心(としん)の恐ろしさを感じて阿国はぞっとした。

「哀しすぎます」

「黙れぇ～！　わかったふうな口をきくな」

手鎌を振り上げ、走り迫って斬りつけてくる。

阿国は必死に刃扇で受け止めた。

「ほっほほほほ……白鷺、地獄に落ちろ」

阿国の喉元(のどもと)に手鎌の切っ先が迫った。

直前、阿国は最後の力を振り絞(しぼ)り、刃扇を投げた。

ビュッと、風を切って飛び、刃扇が胡銀の腕を襲った。

「なに？」

胡銀はうろたえ、刃扇が刺さった腕を驚きの眼で見た。

衝撃で胡銀の手から手鎌が離れて頭上に高く飛んだ。

「アアッ、莫迦な⁉」

驚愕の叫びを発した刹那、宙を飛んだ手鎌が落下し、胡銀の喉に突き刺さった。

「おのれの手鎌が……是非も無い……」

胡銀は喉から血しぶきを噴き上げて転倒した。

身体が痺れたまま阿国はドッとその場に尻もちをついた。

胡銀はもがきながら手を伸ばし、突き刺さった手鎌を喉から引き抜いた。

「白鷺、死ねぇ～‼」

凄まじい手鎌の一撃が阿国の胸元に襲来する。

刹那、阿国は仰向けに反った。

絶望の中にもわずかな光がある。

気を失いかけてひっくり返ったのは好運としかいいようがない。

手鎌がビュッと音を立てながら仰向けに倒れる阿国の頭上をかすめて飛んだ。

喉から鮮血を噴き出しながら胡銀は喘ぐように吠えた。

「呪ってやる。いつの日か黄泉の国より舞い戻って必ずお前を呪い殺してやる‼」

胡銀は断末魔の声を発し、暗紫色の光芒の繁みで息絶えた。

三

阿国は朦朧としたまま草地に倒れていた。

誰かが口をこじ開け、水と薬草のような物を含ませてくれている。

舌に苦みを感じ、阿国は我に返った。

かすかに眼を開けると、金粉が光を帯びてちらちらと頭上を舞っている。

やがてその残光も消え、辺りは穏やかな静けさへと変わっていった。

ふいに肌に温もりを感じた。

気づくと出雲聖が身体を支えてくれている。

水と薬草を含ませてくれたのは出雲聖だと知った。

「胡銀は憎しみを糧に生きなければならぬ宿命を背負っていた女のようじゃ」

近くに倒れた胡銀を見やって出雲聖はつぶやいた。

「怨念にとり憑かれた女は哀れじゃ。忍は〝刃の心〟と書く。胡銀は憎しみという刃の心を技に変え、修行を積んだのであろう。そして、ついには毒を含む粉を嫉妬と怨念の業として操り、秘技として高めたに違いない」

身体が痺れて動けぬまま、阿国は聞いていた。

「胡銀は忍び仲間であった蝉丸への想いを自ら捨てた。忌まわしい怨念と復讐心が強くなり、女として摑むべき幸せを打ち消してしまったと思われる」

阿国は出雲聖の慈しみを感じた。

「嫉妬は時には美しきものとなる。競いの心を駆り立て、望みを叶えるために励むという良き糧となる。だがな、多くは悪しき心を引き起こす。恥辱を感じ、世を拗ね、憎悪を生み出してしまう。妬みは心に宿る恐ろしき鬼だ」

「哀しい女の性なのですか？」

阿国は倒れている胡銀を虚ろな眼で見つめた。

その姿が夕闇に溶け込んで、儚く消えていくように思えた。

「天と地に朝と夜があるごとく、人は明るき心と暗き心を持つ。夜になれば草木は眠る。人も暗き心を宿した時は眠りにつかねばならぬ。そして朝、目覚めた時、明るき心で起き上がらねばならんのじゃ」

阿国は啜り泣いた。

自らがこの世にあることで、育ての父も母も多くの人々も、また胡銀や祈禱師の夢楽斎までもが死んでいった。

そのもとがすべて自分にあると思うと改めて辛くなった。

「人の心には孤独という名の果てしない闇の怨念が隠れている。人は自らの心に宿る闇の怨念を常日頃は思慮で抑える。じゃが、怨念は消えたわけではない。心の奥底に沈み込み、巣喰って澱むのだ。この澱みが積もり積もると、いつしか、思慮の皮を破って噴き出してくる。怨念とはまことに恐ろしいものなのじゃ」

出雲聖は静かに眼を閉じ、胡銀の亡骸に手を合わせた。

——嫉妬……怨念……。

風也に抱かれた夕顔を憎む思いが、心に湧いた。

——私の身体にも鬼が棲んでいる。

京の都で見た能の光景がよみがえった。

六条御息所の打ち振る鬼扇の真っ赤な牡丹の花が脳裏に浮かび上がった。

牡丹の花は古くより鬼神が好む妖花と言われている。

　恨めしの心や　あら恨めしの心や　人の恨みの深くして
　憂き音に泣かせ給うとも　生きてこの世に　ましまさば

水暗き　沢辺の蛍の影よりも　光る君とぞ契らん

怨念に燃える六条御息所の心のありようを阿国は初めて知った。

――光源氏は風也、葵上は夕顔、そして六条御息所は……。

嫉妬に狂いつつ、恥を忍び、悲しみに耐え、自らに対する疎ましさで傷だらけの心になった六条御息所と自らが重なった。

阿国は身も心もぼろぼろになったまま月の光を浴びていた。

四

あばら屋で出雲聖を中心に石阿弥、風也が話し合っていた。

今川軍の雑兵が尾張の村々で濫妨狼藉を働くことは火を見るよりも明らかだ。

村を護るためには行軍途中のどこかで義元から制札をもらわなければならない。

「松平元康軍が大高城に兵糧米を運び入れたようです」

石阿弥が告げると、出雲聖は硬い顔をした。

「丸根、鷲津の砦はそれを阻止できなかったのか？」

「両砦とも落とされたようです」

「義元本隊は沓掛から大高城に入るのか、鳴海城を経て一挙に清洲を攻めるのか、いずれへ動くのか?」

それが三人の最大の関心事のようだ。

「織田軍はますます苦境に立たされたってわけだな」

百太夫は我関せずで、刻々と変わる戦況をおもしろがっているようだ。

阿国も織田方が勝とうと今川方が勝とうと関わりがない。

今はただ風也と夕顔の一挙一動だけが気になった。

御堂から戻った風也と夕顔は何事もなかったかのように振る舞っている。

時々、夕顔は潤んだ瞳で風也を見た。

だが、風也は気づかぬふりをしている。

けれども、夕顔は恨みがましい顔をしたりはしなかった。

風也の心を得たという自信から生まれるものなのか、風也がこれからやろうとすることの邪魔をしてはいけないと思う気づかいなのか。

阿国には夕顔の真意がつかめない。

いずれにせよ、夕顔の余裕ある素振り(そぶり)が恨めしく、つらかった。

「沓掛の庄屋である藤左衛門は義元殿の本隊の動きを考えたようじゃ。沓掛より大高に向かうには田楽狭間より十五町の道程。この辺りは木立が多い。義元殿本隊は真っ直ぐに道を取らず、桶狭間道へ向かうに違いないと語っておった」

「桶狭間道を進む?」

風也が独りごちた。

「うむ。藤左衛門はこの辺りの地に明るい。思い定めは間違いあるまい」

「義元殿は大高城に入るつもりか」

風也は誰に言うでもなく口にした。

「今後、今川軍の先遣隊がどのように展開するのかを確かめねばならんな」

石阿弥は絵地図をしきりに調べている。

「途中で義元殿の本隊を留めておくことはできませんか」

風也が出雲聖を見た。

——今川本隊を留めておきたいと思うのはなぜなの?

阿国は風也の問いかけをいぶかしく思った。

「我らが制札をもらうのは昼餉どきとしよう」

出雲聖は風也の問いかけには応えない。

だが、風也は〝その時だな〟と、つぶやいた。

それからも出雲聖と石阿弥は細かな対策を練っていった。

気づくと、いつのまに戻ってきたのか朝霧が部屋の片隅にいた。

茂作のところに行っていたのだろうが、誰も何も問いただささない。

泥沼に嵌(は)まっていると心を痛めながらも、阿国は朝霧に何も言えなかった。

朝霧は黙ったまま部屋の片隅に寝ころがり、筵(むしろ)をかけて眼を閉じた。

それを見た夕顔は呆れ返った顔をしたが、すぐに大きなあくびをして身を横たえた。

評定(ひょうじょう)は夜遅くまで続いたが、

「明日が決戦と思われる。慌ただしい一日になるぞ」

と、出雲聖はごろりと横になった。

近くで眠る朝霧と夕顔は戦闘前夜とは思えぬほど、安らかな寝息を立てている。

朝霧は茂作との熱いひとときに充足感を覚えているのだろう。

夕顔は風也を得た喜びに浸っているのかもしれない。

阿国はひとりだけ取り残された気になり、寝つけずにいた。

明日、いよいよ戦(いくさ)が始まる。武将と武将のおぞましい殺戮(さつりく)の嵐が吹き荒れる。

戦場に転がる多くの屍。血だらけで呻いている傷ついた戦人。
武将だけではない。
襲われた村では老若男女、多くの罪のない人たちが殺されてしまうのだ。
出雲聖、石阿弥、百太夫、朝霧も夕顔も戦に巻き込まれれば死ぬかもしれない。
風也もだ。
――みんなが死ぬなんて嫌っ！
阿国は心の内で哀しく叫んだ。
「阿国、眠れぬのか」
耳元で風也の声がした。
「夜気にあたってみるか」
風也は三味線を手にして立ち上がった。

五

五月の夜風は爽やかだ。
戸外に出ると、草むらで鳴いていた虫の音がやんだ。

鬱蒼と繁る樹々のどこかで梟の啼く声だけが聞こえている。

「阿国、お前の舞を見たい」

風也は振り向きざまに言った。

「風也、なぜ、この戦にそれほど夢中になるのです？　こだわるのです？」

なんらかの決断をしたのか、風也の眼差しは透き通っている。

「あなたはなにかに取り憑かれた眼をしています。生駒屋敷で信長さまをご覧になった時からです。なにをしようとしているのか教えてください」

風也は夜空を見上げた。

「心に秘めたことだ。誰にも言えぬ」

「出雲聖さまにも、石阿弥にも、百太夫にも？」

〝夕顔姉さんにも？〟と、阿国は声に出しかける。

「そうだ。おのれだけの儀だ。誰かに語ることではない」

風也はきっぱりと言い切った。

御堂で身体を許しあった夕顔にも話してはいないのだと、阿国は思った。

――夕顔姉さんと同じように私も……。

喉元まで出かかったが、やめた。

風也は死に臨む前に、ひたむきな夕顔の想いを受け入れてやらねばと思ったのか。

それならば、今、自分が望めば風也は抱いてくれるのだろうか。

〝まだ十四歳だ。童女と同じようなものだ〟

御堂での風也の言葉がよみがえる。

阿国の胸は震え、鼓動が高鳴った。

「どうした？　阿国？」

「い、いいえ」

声が掠れる。

「今宵限りで永久の別れになるかもしれぬ。俺の三線で舞ってくれぬか」

「永久の別れ？　嫌！　死ぬなんて言わないで！」

しがみつくと、風也は大きな身体で受け止め、しかと抱きしめてくれた。

胸に顔を埋めると、男の心の臓の鼓動が熱く聞こえてくる。

「私も女のはしくれです。あなたを想って涙を流した日もありました。この幾日か、あなたのいない空の下で不安のあまり狂ってしまいそうに……そして、ようやく逢えたと思ったら……別れなければならないなんて……」

風也の腕に力が入り、阿国は身体を固くして眼を閉じた。

「私を……女にして……」

「俺はそなたに相応しい男ではない」

「お願いします」

「お前はまだ若い。自分を大切にしろ。舞うのだ。一期を舞い続けるのだ」

「……」

「舞に命を懸けろ。阿国。俺の前で舞って見せてくれ」

風也は身体を離し、三味線を手にした。

「喫茶去の心で舞うのだ」

「喫茶去？」

風也は自らに語りかけるようにつぶやいた。

「茶を飲む時は心を落ちつけて飲みなさい。おのれの浅はかな計らいなどは綺麗さっぱりと忘れ、たった一杯の茶を心静かに召すがよい。煩わしい悩みなどすべて消し去り、無の境地で、新たな明日に向かって熱き思いで生きる。その心で舞うのだ」

風也はおもむろに三味線を弾き始める。

軽やかな音が流れ、真夜中の静寂に溶け込んだ。

阿国の身体の血がしだいに熱く滾ってくる。

——風の違いを知ったのは村外れの御堂。緑の森の中の木漏れ陽。

三味線の音に魅せられ、誘われるままに阿国は舞い始めた。

——ささやきの声。風也と夕顔。戸惑い。不安に胸が高鳴る。

阿国は地を蹴り、大きく跳んだ。

——心が翔ぶ。初恋。初めての兆し。真の女になりたい。

扇を飛ばし、扇を掴む。

——夕顔姉さんは身体に汗して心を満たしていた……それは命懸けの恋なの？

御堂での出来事を振り払おうと阿国は必死に踊った。

——父母と遊んだ幼い日々。忌まわしい奇襲。育て慈しんでくれた父母の惨殺。紅蓮の炎に包まれて幼い女の子が泣いていた。それは私。石阿弥に連れられて泣きながら走った。白鷺の痣。二引両の手鏡。父は今川義元。哀しき白拍子の実母。甲斐の御方の怨念。尊き厳かな寿桂尼の怒り。呪詛する夢楽斎。胡銀の憎悪。すべての悲惨な出来事をつくった私は……鬼だ！

幾つもの想い出と悲しみが心に浮かび、針を呑むような呵責の念が心に湧いた。

——舞え。踊れ。すべてを忘れ……今はただ狂い踊れ……。

踊ることで何もかもを忘れ去ろう。喫茶去の心で舞うのだ。

風也の三味線の音が煩悩をすべて吹き消してくれるようだ。

風や雲の流れる音も、虫や梟（ふくろう）の鳴き声も感じない。

果てしなく広がる闇の中で阿国は独りきりになっていた。

それは夕顔が話した異界なのかもしれない。

天国かもしれない。極楽かもしれない。地獄かもしれない。

闇は無明荒野（むみょうこうや）か桃源郷（とうげんきょう）か。

――すべての煩雑な悩みを吹っ切り、芸を磨き、舞うことだけに心を研（と）ぎ澄ますしかないのだ。

阿国はただひたすら無心に舞いつづけた。

六

同じ十九日の夜明け前に、もう一人、無心に舞う者がいた。

織田信長である。

信長は馬に鞍（くら）を置かせ、床几（しょうぎ）に腰かけたままで小鼓（こづつみ）を取りよせた。

鋭い双眸（そうぼう）を東の空に向け、意を決したごとく凛（りん）と立ちあがり、幸若舞（こうわかまい）の曲『敦盛（あつもり）』

の一節を愛誦しはじめた。

清洲の町人、松井友閑から習った一節である。

　人間五十年、下天の内をくらぶれば、夢幻のごとくなり
　ひとたび生をうけ、滅せぬもののあるべきか

幸若舞『敦盛』の一曲は、倶舎論の〝人間の五十年は四天王の一日一夜にあたる〟という語句を典拠としている。

四天王は欲界の六天のうちで、最も下層の天である。

それゆえ〝下天〟と呼ばれている。

敵側の大高城を囲んでいた丸根砦と鷲津砦は襲撃されてすでに落とされた。

信長は清洲に籠城か、出撃するかを直前まで多くの家臣に秘匿していた。

信長の兵は臨時に駆り出される農兵と異なり、つねに戦闘訓練を積んでいる。

機動力に長けた若き兵たちを城外のさまざまな地点に分散待機させ〝いざ出陣〟の号令の下、信長のところに集結させる手筈になっている。

この時、信長は『敦盛』の一節を歌いながら、三度も舞った。

舞い終わると、待機していた馬廻(まわ)り衆に出撃の命を下した。

「法螺貝(ほらがい)を吹け！　具足(ぐそく)を持て！　馬をひけ！」

矢継(やつ)ぎ早(ばや)に叫ぶと、鎧(よろい)や具足を身につけるのももどかし気に立ったまま湯漬けをかき込み、食べ終わると、表に出て馬に飛び乗り、生死の境に向かって疾駆(しっく)した。

七

東の空が白(しら)んでくるまで阿国は踊り続けていた。

「私は孤独の悲しみを知りました。でも、楽しさを味わえる歓(よろこ)びも知りました」

舞い終わり、誰に言うでもなくつぶやいた。

「これからは一人で舞う時、永遠(とわ)の生命(いのち)の息吹(いぶき)を身にまといます」

山の端(は)から朝日が昇りかかっていたが、空はまだ薄暗い。

「阿国、見事な舞だった」

風也の眼が薄闇の中で清冽に澄み渡る。

その時、甲高(かんだか)い声がした。

「動いた。織田信長が動いたぞ」

百太夫が飛び出してくると、風也は屹っと振り向いた。

「夜明け前、信長は城門を開いて出馬したそうだぜ」

「数は？」

「若侍の五騎にすぎねえがな。示し合わせた部下とどこかで合流するらしい」

「その場所は？」

風也の眼が鋭く光る。

「熱田の杜と聞いた」

百太夫は即座に応えた。

「ならば！」

風也は信長隊と行動を伴にするつもりのようだ。

「私も行きたい」

阿国が言うと、百太夫は制した。

「女子が行くところではない」

風也が疾風のごとく走り出した。

「阿国、風也は命を懸けている。死を覚悟している。関わるでない」

あばら家から出てきた出雲聖は制し、探るような眼で阿国を見た。

「父に……義元殿に逢ってみたいとは思わんか」

いきなりの問いかけに阿国は驚いた。

「母とお前を捨てた義元殿を憎む心はわかる。じゃが、義元殿は並の武将ではない。広い心の持ち主じゃ」

「家臣への思いやりもひとかどではない」

石阿弥が出てきて出雲聖の言葉を継いだ。

「或る戦の折りのことだ。義元殿は部下の若侍を物見に出し、敵状を探らせた」

「また石阿弥の好きな喩え話が始まったようだな」

百太夫が横やりを入れる。

「腰を折るな」

石阿弥は真顔だ。

「義元殿はな、若侍に〝敵状を探り次第、すぐに帰って告げよ〟と命じた。だが、若気のいたりか、若侍は途中で合戦に加わってしまった。怒濤のごとく押し寄せる敵を見て血が騒いだのであろう。若侍は奮戦し、ついに敵の首を取ってそれを手柄顔で持ち帰った。義元殿は誉めるどころか、軍令違反として怒鳴りつけた。若侍はしょげ返り、〝苅萱に　身にしむ色は　なけれども　見て捨て難き　露の下折れ〟と、古歌に託してつぶやいた。義元殿は哀れに思い、若侍の罪を許したという」

阿国は石阿弥の話を黙ったまま聞いていた。

「仮に信長殿であったら、その若侍は問答無用で処刑されていたに違いない。義元殿は人の心の機微がわかるすぐれた武将だ。多くの領民は義元殿を〝御屋形様〟と呼んで尊んでおる。阿国、血の繋がった義元殿に一度だけ逢ってみる気はないか？」

阿国は混乱した。逢えば義元は冷たく言い放つに違いない。

〝どこの者か知らぬが、下賤な傀儡に惑わされ、予が父であると、あらぬ話を作り上げる不届き者め。なにが望みだ。銭か。贅沢な暮らしか。さっさと立ち去れ〟

天下を取ろうとする武将が一介の漂泊者などの言葉に耳を貸すわけがない。

阿国は怯んだ。

「わしらは小折村を護るため、義元殿に徳政や制札の願いを申し入れる。その時、逢えるかもしれぬぞ」

出雲聖はいつもの温かみのある笑みを浮かべている。

「それにしてもわからねえな」

百太夫がいつもの屈託のない口調で言った。

「負け戦とわかっていながら、信長の家臣たちに裏切り者が一人もでないとはな。まさに驚きだ。俺だったら織田家からさっさと逃げ出しちまってるぜ」

「大うつけと呼ばれながら数年にして尾張の国のほぼ四分の三を統一した信長殿だ。家臣たちの信頼は絶大だ」

かつての侍の血が滾ったのか、石阿弥は毅然とした態度で言った。

石阿弥は義元を誉めた矢先に信長の武威も認めている。

阿国には石阿弥の心のありようが諮れない。

「信長殿は不可思議な魅力を持っておる。いかなる苦難に遭遇しようとも打ち破り、思いを成し遂げてしまう神がかりな武将じゃ。家臣はそこに魅かれるのだ」

出雲聖が補った。

阿国は藤吉郎が語った出雲聖と津島の関わりの話を思い出した。

――出雲聖さまは心のうちでは織田方を勝たせたいと思っているに違いない。

そう思わざるを得なかった。

「どうするの？　阿国」

背後から夕顔が声をかけてきた。

「風也は死を覚悟している。二度と逢うことができなくなるかもしれないのよ。せめて熱田の杜まで行く気はないの？」

風也への思慕の深さを計っているのか、阿国の恋心を察する思いやりなのか。

阿国はわからずに夕顔を見つめた。

「朝霧は茂作に逢いたいと、ここを出て行ったのよ」

「朝霧姉さんが？」

「夜明け前に発ったの。捨てられるとわかっていながら離れられないのよ」

阿国は虚を衝かれた。

今の情勢では織田軍に勝ち目はない。

小折村にはいずれ今川軍の雑兵がなだれ込んで濫妨狼藉を働くことは目に見えている。血気盛んな茂作たち若衆が奮戦するだろうが、果たして防ぎ切ることができるだろうか。

戦乱に巻き込まれたら、女子供は殺されるか、生け捕りにされて奴隷市場に送り込まれるかのどちらかだ。

流浪の旅芸人の朝霧に身代金を払ってくれる人などいるわけがない。

生きても地獄、死んでも地獄だ。

それを承知で朝霧は茂作の許に走った。

茂作にすがりつく朝霧を不憫に思う半面、その一途さに胸を衝かれた。

「阿国、行こうと留まろうと勝手になさい」

夕顔は走り出した。

東の空を染める朝焼けを見て、阿国は腹を括った。

「夕顔姉さん、私も行きます」

「阿国、もし義元殿と逢ってみようとは思ったら――」

背後から石阿弥の声がした後、出雲聖が続けた。

「そう思ったら田楽狭間の街道筋に来るがよい。わしは石阿弥、百太夫とおる」

二人の声を聞き流しながら、阿国は熱田の杜をめざして走り出した。

第五章　桶狭間(おけはざま)の鬼姫

一

阿国が夕顔に遅れて熱田の杜(もり)に着いた時、武装した二百あまりの織田勢の兵が気勢をあげていた。

信長が早暁(そうぎょう)に清洲城を出立(しゅったつ)した際は主従六騎であったようだ。

だが、各所から間道(かんどう)を伝って地侍や若侍たちが続々と馳(は)せ集まったのだ。

阿国は夕顔とともに風也の姿を探し求めたが、見つからない。

その時、熱田神社の庭先で馬の手綱(たづな)を繰(あやつ)った信長が甲高(かんだか)い声で叫んだ。

「頃合いを見計らい奇襲にて勝負を決すべき哉(かな)。寡兵(かへい)をもって立ち向かい、幾段の備えを打ち崩すは極めて至難の業(わざ)である。だが、いかに治部大輔の鉄槌(てっつい)の構えありといえども、勝ちに乗ずれば油断は必ず生まれる」

今川方の大高城を囲んだ丸根砦と鷲津砦はすでに落とされていた。

それを逆手に取り、敵の油断を強調している。

「駿河、遠江、三河の大兵、長旅の兵なり。治部大輔くつろぎの期これあらば、天与の機なり。今こそ見切り肝要。我、太刀を抜き放ち、治部大輔と立ち向かう心なり」

信長は剣を掲げて続けた。

「太刀の下は地獄よ。生死は一定の定めごと。この期に及び迷い相無し。熱田大明神をはじめ国中の大小の神祇の御加護あり。必ずや治部大輔を討たずんば弓箭の誉れの面目なし。汝ら、心尽くして相働け」

信長の檄に兵たちはいっせいに鬨の声をあげて応えた。

右筆の武井夕庵が熱田大明神に合戦勝利の祈願を掛け、一通の願書を納めると、信長は天に向かって吠えた。

「勝利は何処にあるや。表が出れば織田方。裏が出れば今川方なり」

信長は一枚の永楽銭を取り出し、天高く放り投げた。

朝の陽光を浴びて、きらきらと輝きながら銭が落ちてくる。

多くの兵たちは吉と出るか、凶と出るか、固唾を呑んで見守っている。

銭が地に落ち、くるくると回ってパタリと止まった。

「皆の者、触れるでない。吉か凶か、とくと見るがよい」

主だった武将たちは落ちた銭のところに恐る恐る集まった。

「表だ。吉だ！」

武将の一人が叫ぶと、他の数人も歓喜の声をあげた。

「我らが勝つと出たぞ」

二百の兵がふたたび歓声をあげて、どよめいた。

「鷲津、丸根の両砦には敵、満々たり。されど、前場の敵、討ち破り候や」

信長の一声で軍旗がひるがえり、兵たちは進み始めた。

二

阿国は夥しい馬の嘶きと、織田の軍勢に圧倒されながら風也を探し続けた。

そして、ついに社の裏で兵たちの喧騒を固唾を呑んで見守る風也を見つけることができた。風也のそばに若侍がいた。それは木下藤吉郎だった。

阿国と夕顔の姿を認めると、風也は一瞬、眉を曇らせた。

だが、仕方がないとばかりに二人を社の裏にかくまった。

「表が出てよかったね。裏が出たらどうするつもりだったのかしら？」

夕顔がつぶやくと、藤吉郎は笑った。

「銭は表が出ると決まってるだにゃ」

「え？」

「あれはな。昨夜のうちから銭の裏と裏を貼り合わせてあるでな。幾度、投げようと表しか出ないように細工してあるだにゃ」

夕顔は呆れ顔で藤吉郎を見た。

「兵たちに戦闘意欲を奮い起こさせるためだにゃ。織田軍は神仏に守られておる。誰もがそう思い込めば、士気があがるってもんだ。嘘も方便ってやつだぎゃ」

侍とはつまらないことに一喜一憂するものだと、阿国は思った。

「断っておくけんどな。上様は吉凶占いを信じる御方ではねえ。だが、今度の戦は絶体絶命の窮地に追い詰められておる。九分九厘、勝てる望みはねえ。だけんど、たとえ藁の一握りでも勝機があるとすれば、それに賭ける。家臣を鼓舞する銭占いが姑息な策だとわかっておってもな、しないよりはましなら試す。それが上様だにゃ」

その時、突然、風也が居ずまいを正した。

「藤吉郎、いや、藤吉郎殿、頼みがある」

「藤吉郎殿？　な、なんだ？　急に改まりやがって？」

藤吉郎ばかりでなく、阿国も夕顔も風也に視線をそそいだ。

「実はな。俺は甲州武田の家人、原加賀守が末子だ。父はゆえあって信長様の兄である織田信広様の家臣になっていた。今より十一年前、天文十八年の春より俺たち一家は三河の安祥に移り住んだ」

――風也がなにを考えているのかを今こそ知ることができる。

阿国は次に出る風也の言葉を待った。

「その年、信広様の安祥城が今川軍に攻められた。城は落ち、父は討死。母も一族郎党も死んだ。治部大輔は城主の信広様を捕らえた。織田家では信広様を返して欲しいと思い、その代わりに織田家で人質として預かっていた松平竹千代殿と交換した」

「今の松平元康殿だな。オラもその際の話は知っておる」

藤吉郎は真顔でうなずいた。

新たに今川家の人質となった八歳の竹千代は、その後、駿府で元服し、義元の一字〝元〟を賜って松平元康と名乗り、今川家の家臣として日々を送った。

「当時、八歳だった俺は城を落ちのび、流浪の旅を続けた。そして十三歳の折り、僧として駿州庵原郡大乗寺に預けられた。しばらくの間、俺は僧として修行を積んだ。だが、今川家憎しの思いは消えなかった。俺は名を桑原甚内と改め、今川家への復讐を誓って旅に出た。治部大輔を倒す機が訪れるのを待ち、各地を流浪した。そして旅先で出雲聖の一行と出逢ったのだ」

風也は一年ほど前、風のように現れ、一座に加わった。

「三味線を片手に出雲聖一行と旅するうちに復讐など浅はかに思えてきた。そんな折り、このたびの戦を知った。しかも、生駒屋敷で信長様を見た。その時、心に燻っていた炎が燃え上がった。信長様に従い、治部大輔と戦おうと俺は決めたのだ」

何かに憑かれたごとく生駒屋敷で信長を見る風也の眼がよみがえる。

「今川家憎しゆえに信長様につくだか？」

藤吉郎が訊くと、風也は首を強く横に振った。

「それだけではない。信長様は政をつかさどれる御方だ」

「やけに誉めるでねえか」

藤吉郎が皮肉めいた眼で見やると、風也は鋭く睨み返して言った。

「兵法の極意に〝正をもって合し、奇をもって勝つ〟とある。すなわち〝孫子〟の重んじる〝詭道〟だ。少数の軍勢で大軍の今川勢に立ち向かい、死を覚悟して果敢に挑み、敵の不意を衝いて勝とうとする信長様に俺は惚れたのだ」

風也の顔は真剣そのものだ。

「知行は望まぬ。かつて勤めし大乗寺に治部大輔はいくたびか参詣しておる。顔をよく見覚えている」

「なるほどな。今川本陣の旗本備えは数多い。治部大輔を見つけるのに役立つか」

藤吉郎は手で下顎を撫でながら考え込んだ。

「信長様の馬廻りなりとも仕えたく、お口添え願えないだろうか」

「わかった。赤母衣衆の誰かに口添えしてやる」

「赤母衣衆？」

夕顔が訊くと、

「上様はな、馬廻衆と小姓衆の中から二十人ほどを選び、十人ずつ二組に分けて〝黒母衣衆〟と〝赤母衣衆〟を作った。その一人と俺は親しいだぎゃ」

藤吉郎は決断したようだ。

「ありがたい」

風也は藤吉郎の手を取り、社の裏側から飛び出した。

「風也！」

叫んだ阿国の裾を夕顔が押さえた。

「追ってはいけない」

「放して！」

「無駄よ。どんなに止めようと、風也の心に揺るぎはないもの」

夕顔は風也の背に向けて声を張り上げた。

「風也、本意を遂げられるよう祈っています。待ってる。あなたが無事に戻るのを私は待ち続けます。この熱田の杜で！」

夕顔はその場にどっと泣き崩れた。

——風也が死ぬ。

阿国の心は凍りついた。

藤吉郎が赤母衣衆の侍の前に進み出て、必死に頼み込んでいる。

その前に風也、いや、桑原甚内が平伏していた。

阿国はそのありさまを茫然と眺めた。

初めて恋した男が父である義元を討とうとしている。

義元への憎しみは風也とは異なる。

だが、阿国の身近な人々に 禍 をもたらした今川家への怒りは同じようなものだ。

〝血の繋がった義元殿に一度だけ逢ってみる気はないか？〟

ふいに出雲聖の言葉が心によぎった。

〝そう思ったら田楽狭間の街道筋に来るがよい〟

出雲聖の声が浮かんでは消え、また浮かんだ。

〝女たちの悪行を知りながら黙って見逃していた義元こそ悪の権化じゃねえか〟

百太夫の声がよみがえり、ふいに〝殺意〟の二文字が心に湧き上がった。

だが、すぐに打ち消した。

――まずは義元殿に逢ってみよう。

阿国は田楽狭間に向かって走り出した。

五月にもかかわらず陽差しがじりじりと照りつけ、湿気を含んだ熱風が此処彼処に澱んでいる。

木も草も沼田も川も熱気に茹で上がっているようで、息が詰まるほどだ。

森の繁みに飛び込むと、十数羽のカラスがいっせいに飛び立ち、阿国は何かに躓いて倒れそうになった。

足元に薬売り姿の男が横たわっていた。

眼に手裏剣が突き刺さり、喉元が抉られ、赤黒く固まった血がこびりついている。
肉がカラスについばまれ、傷口には蛆が湧いていた。
周囲に眼を移すと、草むらに数人の商人姿の男が倒れていた。
今川方の斥候の者らしかった。織田方の忍びの者に殺されたに違いない。
今川軍から送り込まれた〝物見〟と呼ばれる斥候はかなりの人数がいるらしい。
別のところに黒装束の男三人が倒れていた。こちらは織田方の忍びの者なのか。
双方の間で熾烈な戦いがあったようだ。
戦場の裏舞台での諜報戦は今も何処かで繰り広げられているに違いない。
今更ながら戦の厳しさ、悲惨さを肌で感じ、身震いしながら阿国は走った。
丘を駆け上がり、坂道を下り、沼地を横切って松林の間道を抜ける。
さらに走り続けると、向こうに人の姿が見えた。
十数人の百姓姿の男たちに交じって出雲聖の姿があった。
着物の裾の乱れも構わず、阿国は出雲聖に向かって走って行った。

三

「阿国、やはり来たか」

出雲聖は笑顔で迎えてくれた。

石阿弥は黙ったままうなずいている。

猛暑の中を走りに走った阿国は息が乱れ、眼が眩み、意識を失いそうになった。

「夕顔はどうした？」

百太夫に訊かれ、阿国は喉を詰まらせながら応えた。

「熱田の杜で風也を待つと……」

「風也は織田軍に加わったのだな」

阿国はただうなずくだけだ。

街道筋には出雲聖たちの他に小折村の村長や沓掛村の庄屋である藤左衛門、さらに十人ほどの百姓姿の男たちがいた。

茂作の姿はなかった。

村長に訊くと、小折村を護るべく動いているとのことだ。

人々の中に生駒屋敷で見た蜂須賀小六の姿もあった。

蜂須賀氏は木曽川の河中島松倉城を根拠地にし、土豪として勢力を築き、鉄炮などの武器を生駒家に搬入して織田家に尽くしている。

小六は沓掛村の藤左衛門とは昵懇の間柄で、村人たちに紛れ込んだのだ。

織田の侍が百姓に扮して交じっているのは事前に打ち合わせ済みのようだった。

小六は制札をもらうべく集まった村人たちを黙認しているようだ。

「なぜ、ここに織田方の侍が？」

阿国が石阿弥に小声で尋ねると、

「お手並み拝見というところだな」

石阿弥は笑みを浮かべてささやいた。

もともと鳴海、沓掛は信長の父、信秀の時代は織田領であった。

沓掛村の藤左衛門は心のうちでは織田を信奉しているようである。

だが、庄屋という立場から今川家から制札をもらって村を護らねばならない。

庄屋としての義務とは裏腹に、今川本隊の動きを探るべく織田側の蜂須賀小六に肩入れする心が働いているらしい。

「ここは成るがままに任せるしかない。だが、その前に一度だけ、阿国を義元殿に逢わせてみたい。それだけだ」

石阿弥はぼそりと言った。

他に織田方の前野将右衛門など屈強な者もいた。

出雲聖、石阿弥、百太夫、村長たちを含めると、十八人ほどの数だ。

道端を見ると、今川軍に献上する酒肴の品々が積み置かれていた。

それらは小折村、沓掛村、蜂須賀党で調えたらしい。

男たちは白布を敷いて並べ置き、今川本隊が来るのを待ち受けていた。

蜂須賀小六のように敵の動きを把握し、信長本隊にその位置を報せる者。

今川軍の雑兵に狼藉をさせないため、義元の制札を手に入れたいと考える者。

思惑はさまざまだ。

中天の陽は情け容赦なくぎらぎらと照りつけている。

「この地から大高城までの路次は十五町ばかりだ。狭間道を進めば木立が多く暑気は凌ぎやすい。奇襲を敢行するにはこの地が最適と思われる」

蜂須賀小六は百姓姿に変装した忍びの者にささやいた。

「織田勢は善照寺砦で二千ほどに増えたとの報せが入っています」

忍びの者が小六に耳打ちした。

「丸根・鷲津の砦は、すでに今川勢に落とされました。境川付近の刈谷、緒川に織田方の水野信之殿がいるにすぎません」

「織田家の兵力はすべてで五千ばかりだ。清洲城を警護している者もおる。上様がここで手足のごとく使える兵は二千ほどしかいない。如何とも難いか……」

小六は汗を拭きながら渋い顔をした。

「大高と鳴海に陣取った今川の兵は膨大だ。大高城に入った松平元康、鳴海城の岡部元信の軍勢に襲われれば、我らが中島砦、善照寺砦、丹下砦は陥落してしまう」

「今川本隊が清洲城を攻める前に、どこかで治部大輔を討たねばならぬ」

ふいに前野将右衛門が眉をひそめた。

「まさか、この道を来るのは治部大輔の影武者ではあるまいな」

「そうであっては困るぞ」

百姓に扮した侍たちがうろたえた。

「いいや、義元殿は鷲津、丸根の砦を撃破したとの報せを受けたはず。安堵しているに違いない。一息ついた後に大高城に入るのではないか」

小六が言うと、前野将右衛門は渋い顔で応えた。

「だがな、義元殿は海道一の弓取りといわれる武将だ。織田軍の襲撃を予測し、これを巧みに避けようとするに違いない。沓掛から大高の城へ進むと見せかけ、鎌倉街道を直進するかもしれぬ」

「藤吉郎が持ち寄った密書を信じるしかない」

小六たちの考えはまちまちで統一できていない。

そうこうするうちに、忍びの者から新たな報せがもたらされた。

「信長様は熱田を経て、丹下砦、善照寺砦にご着陣。その後、中島砦へ強引に進出するつもりのようです。それを老臣たちが止めたのですが……」

「中島砦に？」

小六は眉をぴくりと動かした。

「あの辺りは深田だ。速やかには動けんぞ」

梅雨の真っ盛りであり、しばらくの間、雨が降り続き、田や畑は水浸しとなった泥濘だらけだ。

しかも中島砦は低地にあった。

かんかん照りの今、各所に散った今川軍の部隊からは丸見えになってしまう。

中島砦は孫子のいう〝死地〟の土地柄にあたる。

老臣たちが止めるのも無理はない。

「で、上様はどうされた」

「それが……進言を聞かず無理やり中島砦へ渡りました」

「なんだと？　上様は何を考えておられるのだ？」

小六が驚きの眼を瞠り、顔をひきつらせた。

「古語にいわく。戦は人、天、地なり……」

出雲聖はつぶやきながら天空を見上げる。

阿国もつられて天を仰いだ。

ぎらぎらと燃えるように陽が照っている。

眩さに思わず眼を閉じた。

佇んでいるだけでも額から玉のような汗が噴き出してくる。

すでに着物も汗でずぶ濡れだった。


やがて十数騎の武者たちが砂煙をあげて駆けてくるのが見えた。

村長たちの緊張が高まった。

それを見た出雲聖は悠然と言い放った。

「何をうろたえておる。今川殿の武将たちに礼を尽くさぬか」

一喝された村長たち一同は腰を落とし、地に這いつくばった。

小六たち百姓姿の侍もひれ伏し始める。

これからどうなるのか、阿国の心の臓が早鐘のように打った。

まだ見ぬ義元がどのような武将なのか、自らの眼で確かめてみたい。

それとともに抱いた殺意を消すこともできずにいる。

相反する思いに阿国の心は乱れた。

桐紋や二引両の旗を掲げた今川の武者が馬で駆け廻りながら声高に叫んでいる。

「御屋形様の御通りぞ。目ざわりに候。直ちにこの場を退散候え。不遜の者、これあり候わば、この場において斬り捨てん、退散退散！」

意を決したのか、沓掛村の藤左衛門が武者の乗る馬前に恐る恐る進み出た。

「このたびの合戦、勝ち戦、まことにおめでとうございます」

出雲聖たちは土下座したまま一斉に同じ言葉を唱和した。

「恐れながら私どもは不遜の心得など微塵もございません。私ら百姓どもは治部大輔様のご勝利のお徳に預り、恐悦至極に感じております。されば長途のご軍旅をお慰め申しあげたく、お見舞にまかり出でたる次第にございます。何分にも私ども百姓をご憐愍くださりませ。治部大輔様にお取り次ぎの言上をお願い申し上げます」

「取り次げだと？」

馬上の武者は一同を睥睨した。

「ここに戦勝のお祝いに勝栗、御酒、昆布、米餅、粟餅、唐芋、天干大根の煮付けなどをご献上させていただきたく存じまする」

藤左衛門が白布に並べ置いた品々を指し示すと、

「何卒、何卒、お納めくださいませ」

居並んだ一同は頭を地にすりつけんばかりに哀願した。

「うむ。殊勝なる心根、わかった。さまたげ相無きよう道脇にて控えておれ」

名のある者と覚しき武者は馬首を回し〝どうっ〟と馬尻を叩いて引き返した。

「今の様子では義元殿はこの道を来るに相違ないな」

出雲聖は安堵するような眼差しで小六を見ると、

「確かに！　直ちに上様に告げるのだ。急げ！」

捲くし立てる小六にうなずいた忍びの者はすばやく走り去った。

――風也と藤吉郎が届けた報せどおりになっている。

阿国は胸を弾ませた。

時は巳の下刻（午前十一時過ぎ）と思われる。

「しかし、暑い」

巨漢の百太夫がボソッとつぶやいた。

阿国が見ると、百太夫の全身も汗で濡れている。

湿気を含んだ熱気が渦巻き、耐えがたい暑さだ。

この熱気の中を風也は信長の隊に交じって行軍しているのだろうか。

阿国は額の汗を拭いながら炎天を見上げた。

灼熱の陽がジリジリと照りつけ、地を焦がしている。

微風さえもない。

手で触れると大地までが熱く燃えているようだ。

頭上にみるみる雲が湧いてくる。地表が熱せられ、大地から水滴を含む気流が上昇し、雷雲を生み出しているのだ。

阿国は猛暑の日にいきなり雷雲が湧き出るのを旅の途中で幾度も見ていた。

その時、先触の武者が向こうの丘から馬を走らせて来た。

阿国たちはふたたび大地にひれ伏した。

走り近づいた武者はいくぶん顔を緩ませている。

「殊勝なる汝らの心得、言上したところ、御屋形様は至極、御満悦であられた。御言葉を伝える。つつしみ承るがよい」

「は、はあ」

出雲聖たちはふたたび深々と頭を地にすりつけた。

「このたびの御屋形様のご出馬は乱国を平定し、諸将に号令、御帝の神慮をやすんぜんがためなり」

小六の顔はゆがんだが、武者は気づかずに続けた。

「しからば〝織田上総介信長儀、余に服せざるゆえ、これを退治致す。尾張の国を平定のうえは土民、百姓を安堵せしむべく徳政を施さん。よくよく心得て候え〟と、御屋形様は仰せられたぞ」

〝徳政を施さん〟の言葉を聞き、小折村の村長は喜んでいる。

小六はじめ百姓に扮した侍たちは〝尾張の国を平定〟の時には苦虫を噛みつぶした顔をしたが、義元が近くに来ると確信し、笑みを浮かべた。

間もなくして、桐紋や二引両の軍旗が遠くに見えた。

四

義元本隊は鎌倉街道をはずれ、南北に伸びた桶狭間の道を縦一列に進んできた。

「このまま二里ほど行軍し、丘陵地を西に半里ほど進めば大高城に着く」

「義元は大高城に入るようだ」

小六たちの緊張が高まった。

「今川軍は総勢二万五千とも三万五千とも言われておる」

「鳴海城に四千、大高城に四千、鷲津砦に三千、丸根砦に二千、伊勢湾海上の軍船に三千。前衛隊二千、鎌倉街道を進む隊三千、その他、各所に多くの兵が配備されていると思われる」

「すると、ここを通る義元本隊は七千ほどか。急ぎ信長様に伝えよ」

小六が告げると百姓姿の一人が走った。

義元本隊が七千ばかりとはいえ、すべてが戦闘兵というわけではない。

本隊には兵糧（ひょうろう）を大量に運搬する小荷駄（こにだ）隊の者が数多くいる。

弓、槍（やり）、鉄炮、幟（のぼり）なども運ぶ小荷駄隊は実戦に加わらない。

今、進軍してくる義元本隊で実戦に加わる兵はどのくらいの数なのか。

阿国は桶狭間道に目を凝らした。

長く伸びた縦一列の隊の中央あたりに義元の乗る塗輿が見えた。

折りしも午の上刻（午後十二時）、陽は中天に輝いて猛烈な暑さとなっている。

塗輿の御簾から顔を出した義元が側近の武将に何事かの声を掛けた。

すると武将は長い隊列の前後に馬を走らせ〝暫時休息せよ〟と下知を発した。

兵たちは行軍を止め、我先を争って暑気を避けるべく林の中に散っていく。

小高い山の中腹に仮設の義元本陣が造られ始めた。

信長が進出した中島砦を眺めるには格好の場所と思われる。

涼を取るのにほどよい木陰の芝原に皮を敷き、周辺に杭を打ち始めると、別の兵たちが葦簾や陣幕を張り始めた。

作業は手際よく、みるみるうちに仮設の本陣が出来上がっていく。

塗輿に乗ったまま葦簾張りの本陣に移る義元の姿が見えた。

赤地錦の陣羽織、胸白の具足を著し、松倉郷の太刀を帯びている。

華麗な姿は雄々しき戦国武将であり、優雅さをかもしだす貴族でもあった。

――あの人が父なのか。

阿国の身体（からだ）を流れる血が我知らずに騒ぎだした。

――身分の低い白拍子（しらびょうし）の母を塵芥（ちりあくた）のように見捨てた男。

――白鷺姫を亡き者にするため、育ての父母を襲って殺しを企（たく）らんだ一族。

――それをわかっていながら黙って見過ごした非情な男。

あの男こそ憎むべき父だと、心が熱く燃え上がった。

――愛する風也のかけがえのない一族を皆殺しにした男でもある。

――私はその娘……。

――風也、どうしたらいいの？

阿国は石阿弥が細工してくれた刃扇（やいばおうぎ）を思わず握りしめた。

一方で幼い白鷺姫を守るため、石阿弥などを警護につけてくれた男でもある。

義元を父として慕（した）う想いがないわけではない。

だが、慕う心が大きいほど、憎しみは逆に強くなるのかもしれない。

阿国は逡巡（しゅんじゅん）し、刃扇を握る手が思わず弱まった。

――対面してから心を決める。

阿国の心は激しく揺れ動いた。

木陰に飛び込んだ雑兵たちは旗指物（はたさしもの）や長槍のたぐいを老松（おいまつ）に立てかけて、草むらに横たわっている。

長旅の疲れと茹るような暑さで、兵たちの気は緩んでいるようだ。

「丸根砦、鷲津砦はあっけなく陥落した。まさに勝ち戦だ」

「信長が率いる隊が中島砦に入ったとの報せが届いた」

「ここらは我が軍で満ちている。織田はもはや終わりだ」

「このまま尾張になだれ込み、清洲城を落とす。初手の狙いどおりだ」

「城下に入ったら町で暴れるだ。多くの土産物を持って帰れるだぞ」

雑兵たちにはくつろいだ雰囲気が漂っている。

「まだ油断するな。信長はなにを企むか計り知れねえ輩だと言われてるだ」

「心配はいらねえ。御屋形様は〝警戒を怠るな〟と武将に命じた。〝鎌倉街道を迂回しての奇襲も考えられる〟と、太子ヶ根方面にも多くの兵を配備されたようだ」

念には念をいれるのが戦の定石である。

義元は田楽狭間から鳴海に通じる山間の各所に斥候兵や小部隊を出している。

本隊の武将ばかりでなく小荷駄隊の兵たちにも、できることなら戦いに巻き込まれず、大過なく大高城まで進みたいという気分が蔓延している。

阿国はそれらを聞き流しながら少しずつ義元のいる本陣に向かって行った。

眼の先に葦簾や陣幕が見える。

義元が座す塗輿まであと一息だ。

「その娘。なにをしておる」

いきなり松の木陰から侍が現れて立ちはだかった。

阿国はたじろぎ、後ずさりした。

「怪しい奴、来い！」

すり抜けようとしたが、瞬く間に五人の侍に取り囲まれて塞がれた。

その時、背後で声がした。

「阿国、このようなところで遊んではならんぞ」

振り向くと石阿弥が立っていた。

「愚か者め。ここをどなたの御本陣と思っておるのだ」

石阿弥に頬を平手で張られ、阿国はわっと草地に倒れた。

「さっさと立ち去れ」

石阿弥に力強く腕を摑まれ、乱暴に押し退けられた。

「華やかな御陣に魅せられたと思われます。ご無礼、お許しください」

石阿弥が侍たちに深々と頭を下げるのを背に感じながら阿国は唇を嚙みしめた。

迂闊に義元に近づけはしない。

それを嫌というほど思い知らされる。

そんな折り、藤左衛門たちがおずおずと歩み寄り、義元側近の武将に申し出た。

「わしらが村は貧しいゆえ、これが精一杯の御礼銭(おれいせん)でございます」

藤左衛門は小折村の村長とともに鳥(とり)の子紙(こがみ)の包みを差し出すと、武将は臆面もなく中の丁銀(ちょうぎん)を調べた。

「しばらく待っておれ」

横柄(おうへい)に言ってから武将は義元に告げるべく陣幕の中へ入った。

「草のなびくようなる百姓どもです。御屋形様の勝ち戦の機を見計らい、あわてて献上に来たに相違ありません。いかが致しましょう？」

武将の声が聞こえる。

「目通り許す」

陣幕の中で義元の声が響きわたった。

藤左衛門たちは本陣の近くに寄ることを許されたのだ。

陣幕から出てきた武将の前に藤左衛門と小折村の村長がひれ伏した。

「お殿様はご慈悲(じひ)深い御方と伺っております。お殿様にぜひとも制札をお与えいただきたくお願いにまかり出た次第でございます」

武将はふたたび、義元の沙汰を受けに陣幕の中へ入り、しばらくして戻ってきた。

「御屋形様は尾張一円に徳政を下し、制札も与えるとお約束してくださったぞ」

「ありがたいことでございます」

制札をもらえれば雑兵どもの濫妨狼藉から免れる。

小折の村長は歓びをあらわにし、用意した酒肴を差し出した。

その時、数人の兵士が旗本に走り来た。

「織田の大将、佐々隼人正、千秋季忠、岩室長門守の首級を持ち帰りました」

戦場からの新たな報せが入ると、どっと喊声が湧き起こった。

五

空に湧き出た黒雲が少しずつ低く垂れ込めてきた。

——今、風也はどうしているのだろう。

阿国が天を仰ぎ見ると、

「雲が湧いてきたな。嵐になるかもしれぬ」

出雲聖はつぶやいた。

「織田軍は中島砦に入ったまま動けずに気勢をあげているだけのようだ。先鋒の部隊が敵兵と小競り合いをしているが、一進一退。今川軍が痺れを切らして一気に攻めれば、中島砦は瞬く間に落ちるに違いない」

石阿弥が近づきながら小声で言った。

「信長はどうする気だ？」

額の汗を拭いながら百太夫が首を傾げた時、忍びの者が走り来て小六に告げた。

「中島砦に入った上様が兵たちに檄を飛ばしました」

「如何に？」

小六が問うと、忍びの者は信長の口調を真似るかのように言った。

「〝懸からばひけ、しりぞかば引き付くべし。是非に於いて稠り倒し、追い崩すべきこと〟と、仰せられました」

「どういうことだ？」

小六は小首を傾げた。

すると、

「もしや……」

数多くの織田本隊が陣を張る中島砦の方を眺めつつ出雲聖は鋭く眼を光らせた。

「中島砦の織田勢は二千ほどじゃ。敵勢が襲いかかって来たら退く。敵が退いたら挑発して引きつける。状況しだいでは敵を練り倒して追い崩すように、との檄。これがいかなる企みか、わかったような気がする」

小六たちは一斉に出雲聖を見た。

「ひょっとすると、中島砦の本隊は囮かもしれぬ」

「囮だと？」

小六はいぶかしげな声を発した。

「うむ。敵の先遣軍を中島砦に引きつけておき、刻を稼ぐ。その間、信長は秘かに別動部隊を擁し、義元本隊に向かう。目指すはただ一点、義元の旗本と思われる」

出雲聖が応えると、小六は唇を嚙みしめた。

「義元本隊がこの地を動かなければ良いが」

小六は何ごとにも思い煩う気性のようだ。

「別動部隊が途中で見つけられたら元も子もねえな」

百太夫が皮肉ると、石阿弥は応えた。

「別動部隊はせいぜい百か二百の数。若き精鋭部隊だけでの奇襲と思われる。山際の繋みに潜みつつ進めば、見つからずにすむかもしれぬ」

「一か八かの賭けってやつか。それが実事ならば、バサラ者の信長らしいぜ」

百太夫はうなずいた。

——別動部隊があるならば、そこに風也も加わっているのかしら？

阿国の心は騒いだ。

「しかし、出雲聖様も物好きですね。まさか生駒屋敷で受けた一宿一飯の恩義ゆえに織田軍の行を案じているわけで？」

百太夫の問いかけに、

「小折村の苦境を目の当たりにして見捨ててはおけんからな」

出雲聖は笑みを浮かべただけだ。

——百太夫は知らないのかしら？

阿国は藤吉郎から聞いた出雲聖と津島商人との関わりを改めて思い起こした。

——織田が負ければ、一座は津島商人の庇護を受けられなくなる。

阿国は石阿弥にささやいた。

「出雲聖さまは織田に勝って欲しいわけがあるのですものね」

「なに？」

石阿弥の顔に一瞬だが、険しさが走る。

「津島商人との関わりです」

告げると、石阿弥は阿国を睨みつけた。

「誰に聞いたか知らぬが、余計な詮索をするな。どこの誰と関わりを持とうが出雲聖様のなすがままだ。俺たちが気ままに暮らせるのは誰のお蔭と思っておる」

怒りをあらわにした石阿弥に阿国はたじろいだ。

「阿国は自らの行く末だけを考えておればよいのだ」

石阿弥に諭され、阿国はついに決断して出雲聖の許に歩み寄った。

「出雲聖さま、お願いがございます」

「なんじゃ？」

「義元さまの前で舞ってみたいと思います」

揺れ動く心で告げると、出雲聖は驚いたふうだ。

「義元さまを父とは呼びません。でも、その御前で舞ってみたいのです」

「織田軍のために、いいや、風也のために刻を稼ぎたいのか？」

いつになく真顔で訊く出雲聖に対し、阿国は肝を太くして応えた。

「母も昔、義元さまの前で舞ったのでしょう。私も同じように舞ってみたい」

「好ましい」

藤左衛門は膝を打ち、見張りの武将に近寄って声を掛けた。

「折りよく、旅の唱門どもがこの地に立ち寄りております」

「下郎がどうした？」

武将は舌打ちしたが、藤左衛門は続けた。

「昼餉のご座興、義元様に戦勝のお祝い歌を唱え、ひと舞い致したいと申しております。いかが計らいましょうか？」

「控えておれ！」

武将が義元のところに走って行くのを眺めながら阿国は身を引き締めた。

舞の許しが出れば義元のそばに近寄れる。

——それからどうする？

胸の鼓動が高鳴った。

武将が告げると、義元は承知したようだ。

殺伐たる合戦を瞬時忘れ、興に耽るのも面白いと思ったのかもしれない。

この時、義元は丘の上や道筋などに見張りの監視兵を置き、織田勢の伏兵に対する警戒を怠ってはおらず、気を緩めたわけではなかった。

義元の許しが出たことを聞き、出雲聖たちは手早く仕度を整えた。

出雲聖は鉦(かね)を胸から下げ、石阿弥は横笛、百太夫は太鼓を手にした。

阿国は荷籠(にかご)から取り出した紅の小袖と袴を着込み、白い水干(すいかん)に立烏帽子(たてえぼし)をつけた。

それから舞扇とは別に刃扇を手にすると腰紐(こしひも)に差した。

白拍子は脇差(わきざし)を腰に差すのが常だが、石阿弥はなぜか持たせてくれない。

出雲聖を先頭に陣幕まで進むと、武将たちは順に四人の身体を念入りに調べあげ、武器のたぐいを持っていないことを確かめた。

――そうだったのか。

阿国は石阿弥が脇差を持たせてくれないわけが初めてわかった。

だが、扇の天に刃が嵌(は)め込まれているとは武将たちも気づいていない。

「今川本隊をこの場にしばし押し留(とど)めることができるぞ」

小六は仲間たちにささやいている。

阿国たちは陣幕内に導かれ、義元の座す塗輿の近くへと誘(いざな)われた。

「私らは出雲大社の勧進(かんじん)のため、旅をしている者でございます。このたびの今川様の戦勝のお祝いに舞わせていただきますこと、光栄に存じます」

出雲聖が謝すと、義元はぼそりと応えた。

「大儀である」

炯々と光る義元の眼に阿国は気後れした。

だが、百太夫の太鼓と石阿弥の笛が鳴ると、すぐに肝が据わった。

「遊びもののならい。推参つかまつりました」

歌舞音曲を遊ぶ白拍子としての矜持を保ちながら告げ、阿国は進み出た。

水干に立烏帽子をつけた小袖、袴姿は平安朝の白拍子をほうふつさせる。

阿国の姿を見た義元は双眸を光らせた。

「泥田に鶴が舞い降りたようだ」

武将の一人が言うと、居並ぶ武将たちからため息が洩れた。

侍たちは猛暑の中の行軍で疲れていた。

そんな折り、若く清楚な白拍子が現れたのだ。心が和むのも無理はない。

義元だけが何事かを考えるような顔で阿国の姿を眺めている。

総髪で薄化粧、おはぐろをつけた義元は武将でありながら、京の文化を熟知した公家の気品と優雅さを漂わせている。

阿国はきらびやかな陣羽織姿の義元をまじまじと見つめた。

——高貴だ。
急に鉄の塊を埋め込まれたように身体が重く感じられた。
しかし、酒を飲んだのか、赤ら顔の義元は狸のようで阿国は思わず失笑した。
それを恥じらいの微笑と思ったのか、義元は満足気に阿国を見た。
わずかな隙を感じ、阿国は一歩踏み出した。
烏帽子を被り、白拍子姿になった時から身体に神が宿ったように感じていた。
——襲うか？　どうする？
義元は武術に長けている。迂闊には襲えないと、義元の太刀に集中した。
周囲の武将たちにも目配りする。
——間合いを見誤れば死を招く。
一気に刃扇で義元の喉元を掻き切ろうかと身構えた。
その時、出雲聖の鋭い声が飛んだ。
「阿国、殿の御前で心を惑わすでない」
恫喝するような声に一瞬、呼吸に乱れを生じ、殺意が消えた。
百太夫の叩く太鼓が激しく鳴っている。
義元を取り巻く武将たちが気づく前に出雲聖は阿国の迷いを感じ取ったのだ。

近くには剣の使い手が控えている。
もう一歩でも踏み込んでいたら無礼討ちにあう。
それを瞬時に悟った出雲聖は戒めてくれたのだ。
すんでの処で阿国は殺意を思い止めた。
取り巻きに斬られることを恐れたからではない。
ふいに風也の姿が浮かびあがったのだ。
――風也の熱い　志　を成し遂げさせてあげたい。
――夢を砕いてはいけない。
――風也がここに辿り着くまで、私が刻を稼ぐのだ。
阿国は笛や太鼓の調べに合わせて軽やかに足拍子を踏み始めた。

めでたいな　めでたいな　めでたいな
鶴は千年のお祝いと　亀は万年のお祝いと
鶴より松より竹よりも　今川様は　天下に長く　御代は久しく
さつき栄えてましますそうぞうや
あら楽し　あらたまの年の始まる朝には　義元将軍が玉の　冠　かうべに召す

出雲聖が謳い、阿国は舞った。
信長につき従った風也が今、どこにいるのか、気掛かりでならない。
――私が初めて恋した男。
〝出雲聖の一座と共に一期の旅を続けたい〟
その風也の言葉は偽りではなかったはずだ。
それにもかかわらず風也は死を覚悟して義元への復讐に執念を燃やしている。
阿国は舞扇を高く振り上げた。
先程まで天空をぎらぎらと照らしていた陽はすでに厚い雲間に隠れている。
いつしか風が強く吹き始め、樹々の葉がざわざわと揺れた。
義元の本隊が大高城に入ってしまえば、風也の志は遂げられない。
少しでもこの場に釘付けにするよう刻を稼がねばならないと、阿国は思った。
――白拍子だった母は同じように義元の前で舞ったのか。
――私は母に似ているのだろうか。
――義元は母を思い起こすだろうか。
――母を見捨てたわけをじかに聞いてみたい。

風と雲と樹々と岩々のすべてに溶け合いながら阿国は舞い続けた。

幼い時、戦いで倒れた男たちの屍が館の庭に累々と転がっていた。

大岩の近くで血を流して呻く者。喉の渇きを訴え、水を欲しがって這いずる者。のたうち回る者。切られた片手を恨めしげに眺めている者。赤黒い血を浴びて何事かわめいている者。

まさに地獄絵だった。悪夢ではない。

阿国は幼き日にそれを確かに見たのだ。

血で染まった大岩は何事もなかったかのように厳然とその場にあった。

大岩はどんな心で熾烈な戦いを見ていたのか。

岩の割れ目に一輪の野の花が咲いていた。

春がくれば岩のわずかな隙間にも草が生え、花を咲かせる。

あの時、〝何事にも動じない岩になりたい〟と、幼な心で思ったものだ。

ゴロゴロゴロと、頭上近くで雷鳴が起こり、阿国は我に返った。

上空を見やると天が急変している。空は黒雲に覆われ、辺りが暗くなった。

薄暗がりの中に聳える岩を見た。

岩は何も言わず、ただ粛々とその場にあった。

阿国は赤い毛氈を蹴って跳んだ。
高い跳躍だ。虚空で舞扇を広げて振った。
それから着地し、両手を拡げて静止した。
岩のように何事にも動じない心を表したかった。
直後、稲光が走り、辺りを引き裂くように雷鳴が轟いた。
義元さまに御代万歳と　枝も栄えましְます
愛敬ありける新玉の　年立ち返る日の朝より
水も若やぎ　木の芽も咲き栄えるは
誠にめでとう候えける～

万歳芸人が正月に謳う祝詞を、まもなく叶うであろう義元の尾張統一の祝いに見立て、出雲聖が声を張り上げて謳っている。

雷鳴に呼応するかのように百太夫の叩く太鼓が激しく鳴った。

流れる風の合間を縫って、つんざくように石阿弥の笛の音が鋭く飛んだ。

即席の座興ながら義元はすこぶる上機嫌な顔をしている。

灼熱の陽にジリジリと照りつけられた地表は熱せられ、水滴を含む気流が大地から上昇し、雷雲を生んだ。

上空の雷雲内で大気が冷やされて重くなり、強い下降気流となって降下し、突風を巻き起こしたのだ。

辺りが暗くなったかと見る間に石氷を投げつけるかのように大粒の雨が降り出し、激風が吹き荒んだ。

昼食をとる今川軍の兵たちは大雨を避け、我さきに木陰へと散らばって行く。

小荷駄隊の兵たちが慌ただしく荷を大樹の下に運び入れている。

雨に濡れ、風に吹かれても動じる気配を見せず、義元は悠然と腰掛けたままだ。

「義元様、ただちに木陰へ！」

突風に煽られながら武将が叫んだ。

うろたえた側近たちが急き立てようとした時、義元は初めて雨空を見上げた。

「構わぬ」

勝利を確信した心のゆとりか。殺伐とした戦場で思いもかけぬ傀儡の芸に心を癒されたのか。公家文化に浸った男の遊び心が芽生えたのか。

義元は激雨と暴風をまともに受け、全身ずぶ濡れになったまま微動だにしない。

「この雨と風の吹き荒れる中での舞。風流である」

笑みを浮かべた義元の心が計れない。

だが、義元のいたずらっぽい笑みに、阿国は親しみのようなものを感じた。

暴風雨を受けつつ泰然自若とする義元に対し、阿国は畏敬の念を抱いた。

懐に納めた手鏡を見せようかと迷った。

手鏡の裏には二引両の紋が打ってある。

だが、すぐに思いを打ち消した。

――私は娘などではない。

縁もゆかりもない一介の旅芸人に徹するのだ。

義元は全身ずぶ濡れである。

百太夫と石阿弥は激しい風雨に動じない義元を見て戸惑っているようだ。

出雲聖は大粒の雨と激しい風にたじろぎもせず、鉦を叩き続けている。

雹の混じった豪雨を衝いてリンと鉦の音が響いた。

強い雨と風が山津波のごとく襲ってくる。

旗本にいた武将たちは慌て始めた。

本陣を囲う葦簾や幔幕が激風に吹き飛ばされそうになったからだ。

支柱の杭を摑み、葦簾や幔幕が飛ばされないようにと懸命に押さえている。

それは歴戦錬磨の武将とは思えないほど滑稽な姿でもあった。

すると義元はおもむろに謡を謳い始めた。

雨を起こして　降り来る足音は　ほろほろ　とどろとどろと　踏み轟かす
鳴る神の鼓の　時も至れば　五穀成就も　国土を守護し　治まる時には
神徳と　威光をあらわし　おはしまして　御祖の神は
糺の森に　飛び去り飛び去り　入らせ給へば　なほ立ち添ふや
雲霧を　別雷の　神も天路に　攀じのぼり
神も天路に　攀じのぼって　虚空にあがらせ　給ひけり

義元は激雨と雷鳴を見て、国土守護をつかさどる別雷の神が天から舞い下りたという謡曲『加茂』の一節を思い浮かべ、咄嗟に謳ったものと思われる。

信長は折りあるごとに幸若舞『敦盛』の一節を謳う。

それと異なり、義元は時と場所に応じ、謡の曲を選んで謳うようだ。

激雨に打たれながら阿国は義元の謡に連動して舞い続けた。

──雨。山路を旅している時、風也は馬酔木の花を手折ってくれた。着物の袖にそっと忍ばせた馬酔木の花。心地よい香りが漂う。雨に濡れた馬酔木の花は火照った肌に心地よかった。雨が運んでくれた淡い想い出。恋。風也は今どうしているの。精鋭部隊と一緒ならば……早く来て風也……。

雨風がさらに激しさを増した。

破れても構わないとばかり百太夫は濡れた太鼓を叩き続けている。

それに呼応するように阿国の舞に勢いが加わった。

〝喫茶去の心で舞うのだ〟

風に乗って風也の声が聞こえたような気がした。

悩みや浅はかな計らいなどはすべて忘れ、ただひたすら舞うことに没頭する。

阿国は無我の境地で舞った。

──義元さまも同じだ。

阿国は身震いした。

義元は殺伐とした戦の最中であるのを忘れたかのように、阿国の舞に見入り、ただひたすら謡を謳っている。

雑念を捨てて、一期の刻みを生きている。

この時、阿国は義元と心がひとつに溶け合ったような気がした。

義元の謡と阿国の舞が三番続き、熱気をはらんだまま終わった。

「大儀。座興とはいえ心が和んだ。阿国とやら、そなたの舞を忘れはせぬ」

ずぶ濡れのまま義元はおもむろに立ち上がり、阿国の顔を見据えた。

阿国の身体は火照り、胸元の白鷺(しらさぎ)の痣(あざ)がくっきりと浮かび上がった。

「戦場(いくさば)に咲く一輪の野の花と見た。蕾(つぼみ)の花、咲く花、萎(しぼ)む花、散る花。さまざまな花の心を知り尽くしてこそすぐれた舞い手となる。真(まこと)の芸から生まれる花は咲かせることも散らすことも思うがまま。その心を忘れず、舞の道に励むがよい。この勝ち戦の後、予はいずれ京に入る。訪ねてくるがよい」

降りしきる雹と雨に打たれつつ義元は満面の笑みを浮かべた。

「ありがとうございます。私は必ず天下一の踊り手になってお目通り致します」

「天下一か。おもしろい。この者に褒美(ほうび)を取らせよ」

義元は白骨の鎮折扇(しずめおりおうぎ)を取り、側近の若き侍に渡した。

「御屋形様の御心である。ありがたく受け取るがよい」

若侍は阿国に鎮折扇を差し出した。

謡曲の素謡(すうたい)や仕舞いに用いる扇だ。

戦場に出る武将はおしなべて軍扇を持つ。

軍扇には邪を払う日輪、月輪、破軍星が描かれており、武将は軍勢を指揮するために片時も離さない。

義元はそれだけではなく、謡に用いる優美な鎮折扇も携えていたのである。

色見えで　移ろうものは　世の中の　人の心の　花にぞありける

義元は小野小町の歌を詠み、阿国の胸元をじっと見つめている。

阿国はうろたえた。

義元が胸元の白鷺の痣に気づいたように感じた。

一瞬、目と目が合った。

しかし、義元はすぐに視線を逸らし、後ろに控える村長たちに告げた。

「数日後、尾張一円に徳政の令を出すことになろう。村には制札を与える」

右筆が書いたとおぼしき制札が渡されると、沓掛村と小折村の村長は深々と頭を下げた。

暴風雨の空を稲妻が走り、雷鳴が天地をゆさぶっている。

「出立するぞ」

家臣たちを睥睨する義元は、瞬く間に戦場の武将の顔に戻った。

西風がさらに吹き荒れ、松や楠(くすのき)の木が風に煽られ、枝がバキバキと折れていく。

野辺(のべ)の大粒の石がバラバラと飛んでくる。

――義元さまは私を白鷺と知ったに違いない。

阿国は降りしきる雨空を見上げ、叩きつける雨粒を顔いっぱいに受け止めた。

――胸の痣に気づいたはず。

――あの時、なぜ小野小町の歌を詠んだのか。私の舞を野の花にたとえ、ふいに思い浮かんだのか。

――違う。別の思惑があるような気がする。

もつれた糸が解けないようないらだちが残り、阿国は松林の中に駆け入った。

出雲聖の〝嵐になるかも〟との予測があたった。

「熱田大明神の神風なるぞ」

小六がつぶやいたその時、突然、西の林の斜面下から鬨の声があがった。

六

阿国は西方の繁みを見て眼を瞠った。

織田軍の甲冑武者が喊声を上げながら怒濤のごとく押し寄せてくる。

桶狭間山の西側の斜面から兵たちが次々と駆け上がってきたのだ。

今川本隊にとっては思いもよらぬ正面からの奇襲だ。

「あの輩たちはなんだ？」

「喧嘩か？」

「裏切り者が出たらしいぞ」

「謀叛なのか」

初めのうち、見当違いな声が今川雑兵たちの間で飛び交っていた。

直後、北側の太子ヶ根の山陰から織田勢がなだれ込んでくるのが見え、旗指物が次々と翻った。

今まで旗指物を巻いて密かに手越川沿いの道を潜行し、ここに来て一気に掲げたに違いない。

幾つかに分散した織田の小隊が急斜面を駆け上がり、駆け下り、義元本隊の旗本だけをめがけて迫ってくる。

それは中島砦を密かに出て繁みの中を進んできた少数精鋭の奇襲部隊だ。

出雲聖の予測はあたった。中島砦に陣を張っていた数多くの兵は囮だったのだ。

南北に延びた狭間道を長く縦一列で移動する今川本隊は、西の側面からいきなり中心部の旗本を襲われ、義元の側近たちは度肝を抜かれて慌てふためいている。

織田の奇襲隊が中島砦辺りに配備していた今川前衛部隊の警戒網をくぐり抜け、気づかれずに義元本隊の旗本に辿り着けたのは、佐々隼人正、千秋季忠、岩室長門守たち別動隊の死物狂（しにものぐるい）の戦いによるものなのか、それとも激しい風雨のせいなのか。

今川軍にとっては向かい風、織田軍にとっては背から吹く追い風が幸いした。

だが、それだけではない。

信長の部下に沓掛付近の土豪がいる。今川方の斥候や部隊に見つけられにくい樹々の繁った山裾の獣道（けものみち）を知り尽くしていたのだろう。

それを聞いた藤吉郎たちの巧みな導きがあったのだと察せられた。

義元の塗輿を囲んでいた十数人の武将たちは瞬く間に混乱した。

本隊は七千ほどの数だが、塗輿の近くの戦闘兵は百ほどにすぎない。

その中核を奇襲されたのだ。慌てふためくのも当然だった。

旗本から〝敵襲来〟の伝令が長い隊列の前方や後方の兵たちに伝えられていく。

義元の乗る塗輿に慌てて駆け寄る武将の姿が見える。

「退（ひ）け！　退けぇぇ～！」

馬廻り衆が叫んだ。

担（かつ）ぎ手たちが必死の形相（ぎょうそう）で行軍して来た道へと塗輿を引き戻し、後退していく。

伝令を聞いた兵たちが義元の塗輿に走り集まろうとしている。

だが、細く狭い一本道であり、多くの兵は旗本になかなか辿り着けない。

しかも長く伸びた隊列の先頭や最後尾（さいこうび）に伝令が届くのにはさらなる刻を要した。


阿国の胸は高鳴り躍った。

ついに風也が志を遂げる機が訪れたのだ。

――風也の一念を遂げさせてあげたい。

それだけが心を満たした。

若き織田軍の兵が次々と義元の旗本に躍りかかっていく。

その中に風也がいないかを捜した。

義元の塗輿を囲んでいた武将たちが激しく応戦している。

先頭でひときわ暴れ回っている若侍がいた。

義元が鎮折扇を渡し、阿国に差し出してくれた侍だった。

阿国は胸元に入れた鎮折扇を思わず摑んだ。

謡を謳う義元の姿がよみがえる。

荒れ狂う風雨の中、謳う義元と舞う阿国の心はひとつになっていた。

憎しみを抱く半面、親しみも感じたのだ。

相反する思いに阿国は戸惑った。

気がつくと雨が小降りになっている。風も止んだ。

雲が千切れ、陽光が差し始めた。

灼熱の陽に大地が熱せられ、湧き出た雷雲から生まれた下降噴流による暴風雨はまさに局地的であり、あっと言う間に消え去った。

今川軍の弓足軽、鉄炮足軽、槍担ぎ、馬標持ち、旗持ち、馬取り、草履取り、挟箱持ち、矢箱持ち、玉箱持ちなどが狼狽して我先にと逃げ惑っている。

いかなる強者といえども、心を揺るがせれば混乱をきたす。

ましてや戦闘経験の少ない雇われ人足の小荷駄隊の者たちは蜘蛛の子を散らすよう

に逃げ去った。

「丸根、鷲津の勢はなにをしておったのだ？」

武将の一人が叫んだ。

「大高城の松平勢は鷲津砦に入る手筈であった。織田の動きを見逃したのか？」

「あそこなら中島砦はもとより移動する敵兵の様子を察知できたはずだ」

逃げまどいながら武将たちが喚いている。

「きゃっほっほっほっ……おもしろくなってきやがったぜ」

林の奥で百太夫が奇声を発した。

百姓を装った蜂須賀小六たちの姿はすでに見えない。各所に散ったようだ。

阿国は松林の中で混乱のさまを眺め続けた。

義元の乗った塗輿は来た道を急ぎ戻っていく。

塗輿の担ぎ手は四人だ。いつでも代われるように別に二人の担ぎ手が傍についている。だが、その二人が逃げ出すと、担ぎ手の一人はいきなり担ぎ棒から離れた。

恐れを成して走り逃げたのだ。

一人が抜けて塗輿が傾き、義元の身体がつんのめってどっと草地に転げ落ちた。

阿国が見た義元の初めての無様な姿だった。しかし、それも一瞬のことだ。

義元はすぐに立ち上がり、松倉郷の太刀を抜き放った。
「うろたえるでない。迎え討て！」
周りの兵に檄を飛ばし、太刀を大上段に構えた。
「今だ。この刹那に勝機あり。かかれ！　かかれ！」
織田勢の若武者たちが互いに先を争って義元に突き進んだ。
護衛の侍たちが義元を護って必死に防戦する。
阿国に鎮折扇を差し出してくれた若侍の姿はない。
すでに討死したものと思われた。
織田勢の若武者たちが死物狂いで旗本の防御兵を突き崩していく。
阿国は杉の根元に伏せて、入り乱れる兵たちを見た。
押し寄せる織田勢の中に風也、いや、桑原甚内の姿がないか、捜した。
刃を打ち合う鉦のような音。刃で人肉をえぐる鈍い音。怒号。泣き声。うめき声。
断末魔の悲鳴。主を失った馬のいななき。
戦場は騒音の坩堝と化している。
——どこなの？　風也。
必死に捜した。

泥濘に足を取られ、懸命に逃げ惑う今川方の兵がいた。その背後から泥だらけになりながら狂ったように刀を振り回し、追いかける織田方の兵がいる。

雇われの雑兵ばかりでなく、今川軍の兵は先を争って桶狭間山を後退していく。

桶狭間山はさほど高くない小山だ。

時ならぬ豪雨で高所から水が流れ込み、低地は泥田のように変わっていた。

道は泥濘み、兵の多くは足を取られてもがいている。

そこを織田の兵が長い槍で次々と突き刺した。

「治部大輔を捜せ。義元殿を討て！」

織田奇襲隊の後方から聞き覚えのある甲高い叫び声が轟いた。

鬼のような形相の信長だった。

大太刀を振り、周りの敵兵を次々と斬り捨て、義元の旗本に近づいていく。

義元護衛の侍たちは二度、三度と盛り返し、防戦したが、次々と討死し、次第に囲みは薄くなり、やがて五十騎ばかりになってしまい、ついに円陣が崩れた。

その時、阿国は見つけた。

義元の旗本めがけて我武者羅に突き進む数人の侍の中に風也の姿を認めたのだ。

──風也！

阿国は脱兎のごとく修羅の戦場に向かって走り出した。

「阿国、行くな！」

出雲聖の声が背後から聞こえたが、阿国は我を忘れて突き進んだ。

旗指物、武具、おびただしい屍、返り血を浴びた者、穂先の曲がった槍、折れた剣などを踏み越えて阿国は走った。

「戻れ、阿国！」

背後から石阿弥が追いかけてきた。

阿国は無我夢中だった。

石阿弥は群がった侍たちに取り囲まれ、立ち往生している。

阿国は死に物狂いで走った。

泥まみれの風也は二十間（約三六〇メートル）ほど先だ。

返り血を全身に浴び、乱れた髪の間に覗く眼が野獣のごとく光っている。

顔は凄まじい執念の鬼と化しているように見えた。

「拙者は桑原甚内と申す。積年の遺恨により、義元殿のお命いただく！」

長い髪をざんばらに振り乱して風也が叫んだ。

その声に義元は振り向いた。

総髪で薄化粧、おはぐろをつけた義元の顔にはすでに公家の優雅さはない。

壮烈な阿修羅のようだ。

風也が剣を突いて襲いかかると、義元を護る侍たちが取り囲んだ。

襲いかかる侍を風也は袈裟懸けに斬り捨て、すばやく身体を反転させた後、新たに斬撃してきた侍を逆に斬り倒した。

だが、横合いから突かれた槍をまともに受けた。

脇腹を抉られた風也は剣で槍の柄を切ると、槍侍は反動で横転した。

「風也！」

風也は自らの手で脇腹に刺さった槍を引き抜いたが、よろよろと数歩進み、雨で泥濘んだ地にがくりと膝をついた。

——風也の一念を成し遂げさせてあげたい。

阿国は泥地に突き刺さっていた刀の柄を握り、ぐいっと引き抜いた。

義元の取り巻きの一人が気づき、襲いかかって来る。

阿国は咄嗟に身をかわし、刀を腰に据えたまま義元に突進した。

心は鬼と化し、義元に抱きつくように身体ごとぶつかった。

ふいを食らった義元は避けようと身体をひねったが、遅かった。

阿国が突いた刀は義元の左腹を鋭く抉った。

「うぐっ！」

義元は呻き、阿国もろとももつれ込むように倒れ込んだ。

だが、致命傷には至っていない。

「お前はやはり！　予を許せぬのか」

義元が叫んだ。

〝やはり！〟とはどのような意なのかと、思わず問いかけようとした。その時、

「御屋形様！」

武将が駆け寄り、阿国を斬りつけようと太刀を振り上げた。

その寸前、武将はガクッと膝を折り、その場に倒れた。

新たに来た織田方の若侍が武将を斬ったのだ。

「邪魔だ！」

阿国は若侍に放り投げられ、二間ばかり飛んで泥濘んだ地に落ちた。

そばに傷だらけの風也がいた。

「風也！」

阿国は倒れていた風也にしがみつき、覆い被さった。

「俺は風也ではない」

絶え絶えの息で風也は応えた。

「違う。私にとっては風也よ」

阿国は全身で風也を抱きしめた。

「俺は桑原甚内だ」

風也の息が乱れた。

その時、義元に肉迫する若侍の姿が見えた。

義元は太刀で逆に若侍の膝を斬りつけた。

若侍は泥濘の中でのたうち回った。

さらに新たな若侍が迫り、義元に襲いかかって組み伏せた。

義元は必死に抗い、若侍の指を食い千切ったようだ。

若侍は悲鳴を上げたが、ついに義元を斬り伏せ、その首級(しるし)をあげた。

「治部大輔の首、服部小平太(はっとりこへいた)と某(それがし)、毛利新介(もうりしんすけ)が取ったぞ」

毛利新介と名乗る若侍は雄叫(おたけ)びをあげ、膝を斬られた服部小平太を支えた。

「治部大輔の首級、はねられるを確かに見届けた」

風也は叫んだが、すぐにその声が沈んだ。

「できれば俺の手で本懐(ほんかい)を遂げたかった」

「風也、そこまで憎んで……？」

「憎しみだけではない。治部大輔の死には別の思惑もある」

「別の？」

「これで松平元康の巡り合わせが変わる」

阿国は風也の口から思わぬ武将の名が出たことに驚いた。

「阿国、熱田の社で俺が藤吉郎に話したことを覚えておろう。治部大輔が織田信広様の護る安祥城を攻め落とし、信広様を捕らえた。その後、織田家に人質となっていた松平竹千代が今川に捕らえられた信広様と交換された件(くだり)を……」

阿国には風也が何を言おうとしているのか、呑み込めない。

「当時、織田家の人質となっていた竹千代は熱田の豪族、加藤(かとう)家に預けられていた。安祥城にいた俺は竹千代の身の回りの世話をする役目を仰せつかって加藤家に行った。俺も竹千代も同い年。俺たちは遊びの友だった」

風也は懐かしむような眼をした。

「安祥城が落とされたのは霜月(しもつき)九日だ。竹千代は一度、岡崎に戻された。だが、二十七日、竹千代は今川家の人質として駿府に連れて行かれた。俺は霙(みぞれ)の降る中で竹千代と別れを惜しんだ。この時、俺の役目は終わったのだ。その後、竹千代は今川義元の一字をもらい〝元康〟と名乗った」

三河で風也と話していた野良着姿の若い男を阿国は思い出した。

〝冗談(てんごう)だ〟と、風也は言ったが、あれは本当に松平元康だったのだ。

風也はゼイゼイと息を荒らげつつ、

「だが、しょせん松平家は今川家の傘下(さんか)に過ぎぬ。この戦においても、元康は命懸けで大高城へ兵糧米を搬入した。このまま義元が天下を治めれば、元康は永遠に浮かばれぬ。しかし、この戦で織田方が勝てば、元康は今川家から解き放たれる」

ほんのわずかな笑みを浮かべて続けた。

「やはり元康は強(したた)かだ。松平勢は大高の城、あるいは鷲津砦で信長様の奇襲部隊の動きを見抜いたに違いない。だが、知らぬ振りをして見過ごした。どちらが勝つか、運を天に任せた。〝織田と今川を篩(ふるい)にかけた〟のだ」

若さの張りを失った風也の声は嗄(か)れていた。

「幼い頃、友として遊んだ竹千代に夢を見させてやりたい。阿国、俺に代わってこれから後の元康の行く末を見て欲しい……」

風也の死は刻一刻と迫っている。

「風也、生きて！　一緒に旅を続けるの。また三味線の音を聴かせて！」

「昨夜、お前は三線に導かれずに自らの思いを込めて舞った。お前の舞には雅びな都振りの香りがする。今はひたすら芸を磨くことに励むのだ」

同じような言の葉をどこかで聞いたような気がすると阿国は感じた。

〝芸は戦と同じだ。骨身を惜しんだら負ける。ひたすら励め〟

三河の川原で元康に諌め諭された言葉がよみがえった。

だが、すぐに打ち消した。

「芸の話はよいのです。私を女として見てください」

風也の顔に戸惑いの色が浮かんだ。

「阿国、人の心を魅きつける舞い手になるのだ」

ふいに熱い血が身体に激しく流れた気がした。

血潮がうねり、渦を巻いて噴き上がる。

阿国は思わず着物の襟元を開いた。

「風也……私の乳を噛み切って……」

まだ熟れきらぬ乳房を風也の顔に近づけて訴えた。

――白い歯で乳を噛み切り、呑み込んで風也の身体にとどめて欲しい。
そう願ったが、風也は受け入れようとしない。
「もはやこの世に未練はない。殺してくれ」
――風也を切る刃があるなら、自らを切りつけるほうがいい。
風也の身体を強く抱きしめる。
「敵兵の槍で死にたくはない。お前の手でとどめを刺してくれ」
息も絶え絶えに言うと、祈るような眼をし、唇を微かに動かした。
〝頼む、お前の手で〟と、語っている。
力を失った眼が必死に訴えている。
阿国は迷った。しばし逡巡した後、肚を括った。
――風也の愛が得られるなら、科せられた罪を受け入れるべきかもしれない。
血と泥で汚れた風也の顔を阿国は着物の袖で拭い清めた。
――風也との結びつきを永遠のものにしたい。
愚かな想いと知りながら、あえて決意した。
――私が恋した風也。誰にも渡しはしない。
乱れた風也の髪を掻きあげ、両手で額と頰をなぞり、指を唇に押し当てた。

「風也、あなたの魂をいただきます。そして天下一の舞い手になります」

耳元に熱い吐息を吹きかけると、風也が笑ったように見えた。

「秘する花を花と知るべし。秘すれば花なり。秘せずば花なるべからず」

絶え絶えの息で風也はつぶやいた。

「時分(じぶん)の花、声の花、幽玄(ゆうげん)の花、人の目にもみえたれども、その業(ごう)よりいでくる花なれば、咲く花のごとくなれば、またやがて散る時分あり」

噂に聞いた能楽師、世阿弥(ぜあみ)の風姿花伝(ふうしかでん)の一節だ。

花伝書(かでんしよ)は秘事(ひじ)とされているらしい。

風也がどのように知りえたのか、阿国にはわからない。

少なくとも風也は、武士の桑原甚内としてではなく、三味線弾きとして、阿国に芸の心を伝えようとしている。

死ぬ間際、最後の最後に桑原甚内は風也として接してくれた。

阿国の胸に熱いものが込み上げてきた。

「ただ真の花は、咲く道理も散る道理も、人のままなるべし。花の物数を究(きわ)めて、工夫をつくして後、花の失(う)せぬところを知るべし。されば久しかるべし」

風也は閉じかかる瞳を最後にカッと見開いた。

「初心、忘るべからず」

阿国は刃扇を抜き放ち、一気に風也の心の臓を刺した。

風也の身体から鮮血が噴き上がった。

阿国は溢れ出る真っ赤な血を薬指ですくい取り、自らの唇に塗った。

赤い血の紅を下唇にひき、続いて上唇へと移し、化粧を施した。

それから風也の口を吸った。

風也の魂をすべて得たいと幾度も幾度も吸い続けた。

「私と風也は……永遠に結ばれたのよ」

阿国が掠れた声でささやくと、風也は息絶えた。享年十九の若い命が散った。

風也が死ぬ間際に接したのは誰でもない。おのれである。

この瞬時を永遠に心に刻み込んでおこうと阿国は思った。

生まれて初めて自らの手で人を殺した。罪をひきずって生きる。そのことで風也を忘れずにいられる。それは愚かな思い違いなのかもしれない。

しかし、風也の魂を永く心に宿し続けることができるのだ。

阿国は泥濘の中にいつまでもしゃがみこんでいた。

唇はいつまでも風也の血で真紅に染まっていた。

林の向こうから織田軍の勝鬨(かちどき)があがった。

「織田が勝ったか……」

出雲聖がぼそりとつぶやいた。

阿国は安堵する出雲聖の顔を見た。

出雲聖は〝津島が護られた〟とは言わなかった。

この時、半里（約二キロ）ほど離れた後方の沓掛には今川の部隊が駐屯(ちゆうとん)していた。

後ろ備えの部隊は義元が死んだことをまったく知らないようだった。

信長の言った〝見切りの間合い〟をとらえての正面突破の奇襲。

それが勝ち戦を生んだのだ。

「これほどまで痛快な戦を見たのは初めてだ」

百太夫が陽気な声をあげる。

「信長殿は幼い頃から鷹狩(たかがり)や乗馬などで山野を駆け回り、この地の多くの天候を熟知していたらしい。灼熱の陽を見て、激しい雨風が吹き荒れると悟ったのかもしれぬ」

天を仰ぎ見ながら出雲聖が応えると、

「いや、勝ち負けは時の運。義元殿に良き巡り合わせがなかっただけだ」

傷だらけになった身体の石阿弥がぼそりとつぶやいた。

「ごめんなさい」

阿国を止めようと追ってきた石阿弥は戦闘の渦に巻き込まれたのだ。

いくら詫びても申し開きできない。

「振り向けば俺は必ずいるぞ。そのことを忘れるな」

石阿弥は硬い表情で言った。

阿国は雷に打たれた気がした。

闇の森で藤吉郎と一緒にいた時、背後で阿国を助けてくれたのは石阿弥なのだ。

藤吉郎は〝石阿弥つう男に似ておった〟と言ったが、見誤りではなかった。

石阿弥は阿国の身を案じ、駿府より秘かに後をつけていてくれたに違いない。

思えば、石阿弥は幼い頃よりずっと阿国を護ってくれていた。

阿国はただひたすら頭を下げるしかなかった。

「義元殿からいただいた制札は無駄になったですだ」

小折村の村長が制札を破ろうとすると、出雲聖は止めた。

「捨てるでない。今日の戦いは織田軍が勝った。だが、信長殿にとっては精一杯の戦だった。此度は敗れたといえ、今川家は大軍を擁する力がある。義元殿の子、氏真殿が駿府の城で態勢を立て直し、いずれ尾張を襲うであろう。その時、この制札があれば、村は今川軍の濫妨狼藉から免れる。大切に持っておくがよい」

村長は得心し、制札を懐に納めながら不安顔で出雲聖を見た。

「義元様の御前に銭や膳を献上した。お咎めはないだろうか」

「案ずるな。義元殿を饗応し、足止めした。それゆえ織田方を勝ち戦に導いた。小六殿もわかっておる。〝我らも命を懸けて刻を稼ぎました〟と、胸を張ればよい」

出雲聖は村長たちの不安を吹き消すように屈託なく笑った。

泥田や畑や林の中に、多くの織田方、今川方の負傷者たちが呻き声をあげながらのたうち回って苦しんでいる。

「移ろうものは、世の人の命の儚さじゃ」

累々たる死骸を眺めながら出雲聖はつぶやいた。

その言葉に阿国は衝撃を受けた。

〝お前はやはり！　この私を許せぬのか〟

心にわだかまっていた義元の言葉がよみがえった。

〝色見えで　移ろうものは　世の中の　人の心の　花にぞありける〟

小野小町の歌を詠んだ義元の姿が浮かび上がった。

義元は移ろいやすい世の人の心を花にたとえて告げたのだ。

阿国を我が子の白鷺姫だと悟り、祇徳の姿と重ね合わせた。厳しい戦国の世で、駿府を護る武将として、白拍子の祇徳を見捨てざるを得なかった。

その咎を阿国に詫びて、いや、祇徳に詫びる思いであの歌を詠んだに違いない。

——もしもそうならば……。

阿国は義元という武将を改めて考えてみた。

私事だけに目を向けていたら、駿河の大国を統率する政はできない。

義元は祇徳や白鷺と別れたことを心の奥底では悲しんでいたのかもしれない。

それが実事ならば、

——私は父の心を知らずに憎しみを抱いた。鬼だ！

阿国は震えおののいた。

「私は鬼だ。怨念だけを宿した女の鬼だ……」

悲しく呻いた。

「鬼や怨霊はこの世に居りはしない。わしらの心の奥底に潜んでおり、折りあるごとに姿を現すものじゃ。憎悪、嫉妬、邪欲、執着の心が高まり、他者への不幸を望む。それは自らをも不幸に陥れ、自ら地獄に落ちていく哀れな思いなのじゃ」

出雲聖は誰に言うでもなくつぶやいた。

「そうか、阿国は鬼になったか」

百太夫は冷やかし気味に言った。

「いいや、阿国は女になったのだ」

石阿弥は泥にまみれた阿国を見て微笑を浮かべた。

七

どこかの寺で鐘が鳴っている。

その音は桶狭間の死者たちを弔(とむら)う鎮魂(たましずめ)に思われた。

夜明けは間近であったが、森はまだ薄暗い。

現(うつつ)の世に風也はいない。

突然、襲ってきた寂寥(せきりょう)感に耐えかねて、阿国は身体を震わせた。

慕い続け、身も心もすり減らし、風也の心を捉(とら)えたいと望んできた夢が砕けた。

だが、心の中に風也の魂は宿っている。

そう思い直した。

出雲聖は風也の亡骸に袈裟を着せ、香華、蠟燭を添えると、近くから丸太を見つけてきて仏を彫り始めた。

百太夫と石阿弥は草地に墓穴を掘っている。

夕顔は熱田の杜で風也を待っていたようだ。

だが、勝ち戦で熱田神宮に戻った織田軍の中に風也の姿がないので、一座のもとに戻ったと、言った。

風也の死を知ると、夕顔は表情を強張らせ、瞳に涙を滲ませた。

しかし、声をあげて泣きはしなかった。

阿国と夕顔は風也を弔うために野の花を摘んだ。

両手に抱えきれない花を摘んでいる間、夕顔は阿国に一言も話しかけなかった。

埋葬はおもに水薨と林薨がある。

水薨は石を伏して死体を水底に沈める。

林薨は林の中にさらしたままにする。

ともに魚や虫や鳥獣につつかれ、亡骸は無残な姿と化すが、人の死体を自然に帰一させるという意図がある。

だが、風也の亡骸は違った。石阿弥と百太夫の掘った穴に風也の屍を置き、西方極楽浄土のある西向きに寝かせて埋めた。

亡骸は土の中で朽ち果て、やがては白い骨だけが残る。

風也の生きていた証は人々の記憶から忘れ去られていくことになるだろう。

沈香が周囲に漂っている。

阿国と夕顔は鉦を叩き、百太夫は太鼓を打ち鳴らし、出雲聖は経を誦した。

ほんのわずか俄雨が降ったが、間もなく空は晴れ、冷やかな風が吹き、千切れた雲間から朝の陽が顔を出し、天はあたかも極楽の相が現れたかのようになった。

阿国は夕顔と一緒に三味線を卒塔婆代わりに風也の木仏のそばに立てた。

やがて朝焼けが東の空を焦がし始め、三味線が鋭光のごとく輝きわたった。

生と死のはざまを朝の光が照らしているように思える。

風也の生きざまが光り輝いているのだと阿国は確信した。

一陣の夏風が吹いたが、立てた三味線は何の音も発しない。

この時、この地ですぐに埋葬されたのは風也の亡骸だけであった。

後に信長は桶狭間戦場跡に塚を築き、千部経を読ませて敵味方の霊を慰めた。

信長が敵味方の戦死者の冥福(めいふく)を祈り、供養(くよう)を行なったのは、怨讐(おんしゅう)を超越して一切の罪の根を消滅しようと願ったものと思われる。

それが後に残る桶狭間の戦人塚(せんにんづか)である。

八

信長は清洲城にひきあげると、尾張の統一に専念した。

一方、桶狭間に敗れた今川家の末路は哀れだった。

氏真は父義元の敗死後、すぐに陣を立て直して逆襲すべきであった。

織田勢はわずか五千ほどの兵数だ。

まともに攻めれば落とせたはずであるが、氏真はその好機を逸(いっ)した。

しかも甲斐の武田信玄軍の侵攻をうけ、駿河・遠江の領地は分断され、氏真は駿府から掛川に逃れ、相模(さがみ)の北条方に身を寄せ、遂に今川氏の表看板(おもてかんばん)であった〝海道一の弓取り〟の称呼も属臣だった松平元康に奪い取られた。

松平元康は風也が願ったように、義元の敗死を好機として自立し、松平宗家総領本来の姿に立ち返ったのだ。

この時、元康はわずか十九歳だったが、武将の風格を備え、祖父松平清康以来の一騎当千の三河武士二千五百を従属させた。

永禄四年（一五六一）、信長と元康は和議を結び、翌五年（一五六二）の正月、二人は尾張の清洲城内で会見し、信長の娘の徳姫を元康の長男に嫁がせた。

また永禄四年八月、木下藤吉郎は浅野長勝の養女ねねを娶り、その後、足軽組頭に出世した。

終章

旅支度を終えた阿国たちの前に百姓姿の朝霧が立っていた。

「この村に残るだと？」

出雲聖が問いかけると、朝霧は強くうなずいた。

「私の舞は夕顔のように上手ではありません。阿国のように心を込めて舞うこともできません。このまま旅を続けても辛（つら）いだけです。それに国々を渡り歩く旅に疲れました。ひとつの所におさまって暮らしたいのです」

「村に残ってどうする？」

石阿弥が聞くと、朝霧は恥じらうように応（こた）えた。

「小折村の村長（むらおさ）の息子の嫁になる」

「茂作さんと？」

阿国は驚いた。

「そうよ。約束したの」

「莫迦な。村の者が流れ者などを相手にするものか。遊ばれただけだぞ」

「誑かされておるのだ」

百太夫と石阿弥が怒ったように言うと、

「ふふふ、大丈夫よ。茂作を骨抜きにしたもの」

朝霧はふてぶてしく笑った。

阿国が初めて見る朝霧の自信に満ちた顔だ。

「私は出雲聖さまの説教を聞く村の女たちを見て、改めて驚かされたの。みんな活き活きとしていて、おおらかに笑っていた。戦乱の世だというのに……あのように心の底から笑えることが私にはなかった。こんな暮らしをしてみたいと思ったの」

「甘いぞ。茂作の家は豪農だ。流れ者を息子の嫁にするなど許しはせぬ」

「ふふふ、たしかに茂作の父親は村で力を持っています。小作人を束ね、下女や下人を使っている。だから目をつけたの。茂作の両親にもすでに会っているのよ」

「信じられない……」

夕顔がぽかんと口を開けた。

「私は母親の前で機を織ったり、着物のほころびを繕うのを見せました。父親には旅で知った大根の煮付けなどを食べさせてあげた。京風の味をたいそう喜んでね、好ましいと思われたのよ。怠け者の茂作に両親は困り果てていた。そんな茂作の心を改めさせたのは私だもの。ふふふ……」

「いつの間にそんな」

阿国は呆れ返りつつも感心させられた。

「私は人を信じたい。そう思ってずっと暮らしてきた。信じられるのは……」

朝霧は出雲聖、石阿弥、百太夫、夕顔、阿国の顔を潤んだ眼で見つめた。

「でも、出逢う他の人の多くに裏切られた。ですから私は自らの信じた道を進む。自らの心にだけは偽りを持ちたくないもの。決して負けはしません」

朝霧は誰に言うでもなく、自らの決意を確かめるようにしゃべった。

「何人もの小作人の面倒を見ながら私は働きます。すぐには母屋に住むことはできないでしょう。でも、茂作はいずれは家を継ぐ身なのよ。そうなったら私も茂作と一緒に母屋に住めるようになる。いつの日か、出雲聖さまたちがこの地を訪れた時、不自由はさせません。それにね、茂作の両親は私のお土産を喜んでくださった」

「土産？」

「百太夫、覚えているでしょう。私、京の都で舎人織手から織物の技を学んだのを。

いつかこんな時が来るだろうと思って技を身につけていたの。この地で桑を育て、その葉を食べたお蚕さまはきっとすばらしい絹糸を生み出してくれる。それを紡いで、私は美しい布を織ります」

「あのとき俺から金を借りたのはそういうわけだったのか」

百太夫は唸った。

「それほど決意が固いなら何も言うまい。いかに辛いめにあおうと耐えるのじゃ」

出雲聖は朝霧の肩に手を置いた。

「ありがとうございます。出雲聖さま」

夕顔は皮肉な笑みを浮かべた。

「朝霧、嫌になったら逃げて戻っておいで」

朝霧は生駒屋敷で茂作が村長の息子であると知った。

その時、身体を与えてもよいという利勘が働いたのかもしれない。

どうであれ朝霧が幸せになれればよいのだ。

阿国は懐から袱紗を取り出した。

「婚礼のお祝いです。使ってください」

袱紗から二引両の紋の入った手鏡を出して朝霧に差し出した。

「阿国、これはあなたがいつも肌身離さずに持っていた大切な……」

朝霧は袱紗と手鏡を押し戻したが、阿国は頭を振った。

「いろいろお世話になったのだもの」

阿国は袱紗と手鏡を朝霧に強く握らせた。

「もしも、困った時があったら、少しだけ役立つかもしれません」

「ありがとう。阿国」

涙ぐむ朝霧に阿国がにっこりうなずくと、石阿弥は、

「白鷺でなくとも……俺はずっと阿国のそばにいるぞ」

阿国を見て微笑んだ。

石阿弥に身を護られつつ、幼い頃からずっと持ち続けた大切な手鏡だった。

しかし、すべてを捨てて新たな旅立ちを決意したのだ。未練はない。

むしろ、手放すことで昔と訣別できると思った。

「朝霧姉さんに教えていただいたかずかずの舞の技、けっして忘れません」

手を握ると、朝霧は強く握り返してくれた。

それから晴々とした顔で一人一人に別れを告げ、一目散に走り出した。

阿国は朝霧のしあわせを願いながら後ろ姿を見送った。

この地に住み着き、田畑を耕し、子を産み、老いるのも女の幸せかもしれない。一方で厳しい旅を続けながらも各所を訪ね歩いて暮らすのも女の幸せと言える。

「朝霧姉さんはほんとうに茂作さんのお嫁さんになれるの?」

阿国は出雲聖を見た。

「人の心は移ろいやすい。一寸先は闇。いかなる苦労が待つかは誰にもわからぬ。朝霧はそれを承知でここに留まる。行く道をおのれで進むしかないのじゃ」

すると夕顔はぽつりと言った。

「朝霧は心の安らぐ住まいが欲しかっただけかもしれない。でも、私にはできない」

松林に消えていく朝霧の姿を眺めながら出雲聖はため息まじりにつぶやいた。

「村に留まろうと、諸国を流れようと、しょせん、人の生涯は一夜の宿り。始終のすみかなどないのじゃ」

傀儡の民は、主人に仕えて窮屈な暮らしをする気などはさらさらない。

自由気儘に旅から旅へと渡り歩く。

浮浪の一期を夢幻のごとく生きていくだけなのだ。

阿国たちは新たな旅に向けて村を発った。

数日後の夜、出雲聖は死者の霊を慰め、傀儡一族の福運を祈るために守護神である百神を祀った。

「みなで舞い踊ろうぞ」

百太夫と石阿弥が太鼓と笛を持った。

「つねに舞の道を心から離してはならぬ」

出雲聖は厳しい顔で阿国を見た。

「人の世は短い。だが、今宵、月明かりの下で舞い狂う刻の間合いは充分にある」

阿国は義元から譲られた鎮折扇を出し、何もかも忘れようと、踊り始めた。

風也を自らの手で殺し、永遠に心に宿した。

――それは愚かな思い違いにすぎないのかもしれない。

戸惑った時、目の前にいきなり風也の姿が現れた。

幻なのか。

驚いて眼を凝らすと、それは女だった。

いつの間に手に入れたのか、風也がいつも羽織っていた着物で夕顔が踊っている。

夕闇迫る御堂でもらったのに違いない。

恋する男の形見の衣を着ると、焦がれた人の霊が憑依すると言われている。

衣を身に纏った夕顔は風也の面影を心に染み込ませるかのように踊っている。

阿国はここしばらくの間、毎晩のように風也の夢を見た。

夢よ夢よ　逢ふとな見せそ　夢は覚むるに

〝もう夢など見たくない。夢よ。二度とあの人の夢を見せないで。夢で風也と逢えてもやがて朝が来て目覚めれば、虚しさや悲しさが残るだけなんだもの〟

ふいに阿国は爽やかな風の流れを身体に感じた。

風に乗って三味線の音が聴こえてきたように思えた。

それは地の底から響いてくる軽やかで活き活きとした音色だった。

阿国は風也の魂の漲りを身体いっぱいに感じ取った。

風也はかたくなに過去にこだわった。

朝霧はいさぎよく過去を捨てた。

夕顔は泣いている。涙をぼろぼろと流しながら今を舞っている。

人は生まれたからにはいつかは死ぬ。

せめて死ぬまぎわまで精一杯に生きてみたい。

名も無き一人の女がこの世に生まれ、舞の心を究めようと必死になったことを知る人はいないだろう。

せめて陽や月や星々や風や樹々などの自然たちに、一人の踊り女が生きていたという証を刻みつけよう。

命の大切さ。その想いを胸に秘め、踊り続けよう。

阿国は風也の魂を心に宿し、すべての思いを断ち切って、無心に踊り続けた。

それから幾多の時が流れた慶長八年（一六〇三）の春。

天下一の座につき、紅梅の肌着に唐織りの小袖、赤地金襴に萌葱裏の羽織を着て、黄金造りの鍔に白鮫鞘の太刀を帯び、首にいらたかの大数珠をかけた出雲の阿国は、関白豊臣秀吉の前で舞ったと言われる。

この歌舞伎の祖、出雲の阿国が、流浪の傀儡である旅芸人の少女〝阿国〟といかなる関わりがあるのか。

それを知る者は誰もいない。

参考文献

「信長公記」奥野高広・岩沢愿彦＝校注　角川文庫
「信長公記を読む」堀新＝編　吉川弘文館
「武功夜話（前野家文書）」吉田蒼生雄＝訳注　新人物往来社
『武功夜話』のすべて」瀧喜義　新人物往来社
「偽書『武功夜話』の研究」藤本正行・鈴木眞哉　洋泉社 新書y
「桶狭間・信長の『奇襲神話』は嘘だった」藤本正行　洋泉社 新書y
「新説　桶狭間合戦」橋場日月　学研新書
「NHK歴史への招待」日本放送出版協会
「無縁・公界・楽」網野善彦　平凡社選書
「閑吟集・宗安小歌集」新潮日本古典集成64　北川忠彦＝校注　新潮社
「梁塵秘抄」日本詩人選22　西郷信綱　筑摩書房
「雑兵たちの戦場」藤木久志　朝日新聞社
「戦国の村を行く」藤木久志　朝日選書
「室町戦国の社会」永原慶二　吉川弘文館
「さすらい人の芸能史」三隅治雄　NHKブックス

「芸能文化史辞典（中世篇）」渡辺昭五＝編　名著出版
「出雲のおくに　その時代と芸能」小笠原恭子　中公新書

一〇〇字書評

歌舞鬼姫

切り取り線

購買動機（新聞、雑誌名を記入するか、あるいは○をつけてください）	
□（　　　　　　　　　　）の広告を見て	
□（　　　　　　　　　　）の書評を見て	
□ 知人のすすめで	□ タイトルに惹かれて
□ カバーが良かったから	□ 内容が面白そうだから
□ 好きな作家だから	□ 好きな分野の本だから

・最近、最も感銘を受けた作品名をお書き下さい

・あなたのお好きな作家名をお書き下さい

・その他、ご要望がありましたらお書き下さい

住所	〒				
氏名		職業		年齢	
Eメール	※携帯には配信できません	新刊情報等のメール配信を 希望する・しない			

この本の感想を、編集部までお寄せいただけたらありがたく存じます。今後の企画の参考にさせていただきます。Eメールでも結構です。

いただいた「一〇〇字書評」は、新聞・雑誌等に紹介させていただくことがあります。その場合はお礼として特製図書カードを差し上げます。

前ページの原稿用紙に書評をお書きの上、切り取り、左記までお送り下さい。宛先の住所は不要です。

なお、ご記入いただいたお名前、ご住所等は、書評紹介の事前了解、謝礼のお届けのためだけに利用し、そのほかの目的のために利用することはありません。

〒一〇一－八七〇一
祥伝社文庫編集長　坂口芳和
電話　〇三（三二六五）二〇八〇

祥伝社ホームページの「ブックレビュー」からも、書き込めます。

http://www.shodensha.co.jp/bookreview/

祥伝社文庫

歌舞鬼姫（かぶきひめ）　桶狭間（おけはざま）決戦（けつせん）

平成30年10月20日　初版第1刷発行

著　者　富田祐弘（とみたすけひろ）
発行者　辻　浩明
発行所　祥伝社（しょうでんしゃ）
東京都千代田区神田神保町3-3
〒101-8701
電話　03（3265）2081（販売部）
電話　03（3265）2080（編集部）
電話　03（3265）3622（業務部）
http://www.shodensha.co.jp/

印刷所　堀内印刷
製本所　ナショナル製本
カバーフォーマットデザイン　中原達治

Printed in Japan ©2018, Sukehiro Tomita ISBN978-4-396-34458-0 C0193

祥伝社文庫の好評既刊

富田祐弘　信長を騙せ　戦国の娘詐欺師

戦禍をもたらす信長に一矢を報いよ！　戦乱ですべてを失った少女が挑んだのは、覇王を謀ることだった！

富田祐弘　忍びの乱蝶

織田信長の脅威に怯える京の都を舞台に、両親を奪った仇と、復讐に燃える娘盗賊との果敢なる闘い！

芝村涼也　鬼変　討魔戦記①

人が〝鬼〟と化す不穏な江戸で、瀬戸物商が一夜にして皆殺しにされた。忽然と消えた新入りの小僧・市松は……。

芝村涼也　楽土　討魔戦記②

僧侶天蓋に引き取られた少年一亮らは奥州へ。飢饉に喘ぐ民が縋る「涅槃の村」で、おぞましい光景を目撃する！

芝村涼也　魔兆　討魔戦記③

強力にして妖艶な美女・於蝶太夫の助太刀を得たものの、討ち取りそこねた鬼は、さらなる力を秘めていた！

芝村涼也　穢王　討魔戦記④

魔を統べる〝王〟が目醒める！　江戸にはびこる怪異との激闘はいよいよ終局へ——凄絶な闘いが、いま始まる！

〈祥伝社文庫　今月の新刊〉

富田祐弘　**歌舞鬼姫**（かぶき）　桶狭間　決戦
戦の勝敗を分けた一人の少女がいた——その名は阿国。

日野　草　**死者ノ棘　黎**（とげ　れい）
生への執着に取り憑かれた人間の業を描く、衝撃の書！

南　英男　**冷酷犯**　新宿署特別強行犯係
刑事を尾ける怪しい影。偽装心中の裏に巨大利権が！

草凪　優　**不倫サレ妻慰めて**（なぐさ）
今夜だけ抱いて。不倫をサレた女たちとの甘い一夜。

小杉健治　**火影**（ほかげ）　風烈廻り与力・青柳剣一郎
不良御家人を手玉にとる真の黒幕、影法師が動き出す！

睦月影郎　**熟れ小町の手ほどき**（う）
無垢な義弟に、美しく気高い武家の奥方が迫る！

有馬美季子　**はないちもんめ　秋祭り**
娘の不審な死。着物の柄に秘められた伝言とは——？

梶よう子　**連鶴**
幕末の動乱に翻弄される兄弟。日の本の明日は何処へ？

長谷川卓　**毒虫**　北町奉行所捕物控
食らいついたら逃さない。殺し屋と凶賊を追い詰める！

喜安幸夫　**闇奉行　出世亡者**（もうじゃ）
欲と欲の対立に翻弄された若侍。相州屋が窮地を救う！

岡本さとる　**女敵討ち**（めがたきう）　取次屋栄三
質屋の主から妻の不義疑惑を相談された栄三は……。

藤原緋沙子　**初霜**（はつしも）　橋廻り同心・平七郎控
商家の主夫婦が親に捨てられた娘に与えたものは——。

工藤堅太郎　**正義一剣**　斬り捨て御免
辻斬りを斃し、仇敵と対峙す。悪い奴らはぶった斬る！

笹沢左保　**金曜日の女**
純愛なんてどこにもない、残酷で勝手な恋愛ミステリー。